总有一个地方，
让你念念不忘

故乡故人，乡恋乡愁

刘 应/著

当代世界出版社
THE CONTEMPORARY WORLD PRESS

图书在版编目（CIP）数据

总有一个地方，让你念念不忘 / 刘应著． -- 北京：
当代世界出版社，2018.1
ISBN 978-7-5090-1298-7

Ⅰ．①总… Ⅱ．①刘… Ⅲ．①散文集－中国－当代
Ⅳ．① I267

中国版本图书馆 CIP 数据核字（2017）第 296365 号

书　　名：	总有一个地方，让你念念不忘
出版发行：	当代世界出版社
地　　址：	北京市复兴路 4 号（100860）
网　　址：	http://www.worldpress.com.cn
编务电话：	（010）83907332
发行电话：	（010）83908409
	（010）83908455
	（010）83908377
	（010）83908423（邮购）
	（010）83908410（传真）
经　　销：	全国新华书店
印　　刷：	三河市兴国印务有限公司
开　　本：	889 毫米 ×1194 毫米　1/32
印　　张：	7.5
字　　数：	160 千字
版　　次：	2018 年 1 月第 1 版
印　　次：	2018 年 1 月第 1 次
书　　号：	ISBN 978-7-5090-1298-7
定　　价：	39.80 元

如发现印装质量问题，请与承印厂联系调换。
版权所有，翻印必究；未经许可，不得转载！

推荐语

　　这是一部刻骨铭心的真情散文集，是一代青年作家的文学珍品。作者刘应以一个漂泊者和守望者的角度，回眸故里乡愁，描摹山川人物，不仅饱含荡气回肠的真情实感，而且还富有人生命运的哲理思考，令人回味无穷。

　　　　　　　——茅盾文学奖提名作家　曹宗国

　　当代散文写作手法多样、风格迥异，但不少作品因缺乏精神构建与人文关怀而流于形式。而刘应关于故土的书写，因其情真意切和关照内心，为散文文本的创作提供了一种新的向度。因此，当他的文字一落在纸上，便成为指间的岁月和梦中的河山。

——中国作家协会会员、南怀瑾指定的口述传记作者 王国平

刘应是一位优秀的青年作家。读他的作品《总有一个地方，让你念念不忘》时，我因书中深情的文字而动容。

希望热爱文学的朋友们能赞赏刘应对文学的执着，能喜爱这本沾满泥土味儿的散文集。

——中国作家协会会员、散文作家 马及时

在山河草木之间回望的那个少年

沈嘉柯

沈嘉柯：百万畅销书作家，文艺评论家，2016年获得年度畅销作家奖，连续入围2015年、2016年当当影响力作家文学贡献榜。

在我读到刘应的这部随笔集的时候，有一股特别的感受挥之不去。我站起身，走到窗边，推开窗户。此时此刻，我在城市的一角，而乡愁在何处？

我被书中《山河日暮》的末尾打动了。这个世界上绝大部分人都是异乡人。出生地，童年时候的生长地，和成年以后的定居地，往往都不一致。文章末尾那一句写道：我来自我的故乡，我的故乡有山有河。

还有那篇《麻糖匠》。刘应笔下的故乡是贵州，而我是湖北人，生在江汉平原，有趣的是，都有麻糖匠穿梭在故乡的大街小巷。麦芽糖带着一股丰润的香味，它的甜味是温暖的。直到今天，我在武汉的街市缝隙当中，还能碰到麻糖匠。很便宜，三五块钱，敲一块。麦芽糖在嘴里化开，缠缠绵绵的，就像是我们对乡土的眷顾。生活越来越现代化，那些带着乡土情结的手工小贩总会被遗忘，但我们可以用文字记录下来。

刘应还写到了拾荒者。这大概是物质贫瘠年代，非常具有共性的人物。拾荒者是处于社会最边缘的人物。他们出现在文学当中，是特别能够代表时代变迁的标志。

刘应写了故乡，也写了他乡。在故乡与他乡之间，他找到了自己的安身立命之处。在故乡买东西，得去赶场。熙熙攘攘的街道上挤满了人。炒爆米花的，剪头发的，买煤炭的，构成了热闹的集市。现在所居的城市是他乡，买东西，只要去附近的超市就能解决，然而却少了很多购物的乐趣。在热闹的集市中，人们的心可以得到慰藉。生活本身值得热爱。

刘应写了故乡和乡土的种种细节，但他的文字有一种奇怪的味道。读完之后，我琢磨了一会儿，大概能明白那是什么味道。那是一种非常平静的哀伤。虽然他只是在写记忆，但几乎很少有总结和提炼。一个故事，写着写着，戛然而止了，留下来的只是一个画面。他的抒情，极其克制。

故乡山河的点点滴滴，刘应几乎是巨细靡遗地写下来。他不止一次地写到吃樱桃、种樱桃树，以及围绕着樱桃树所联想起来的爷爷奶奶、父亲母亲。他对农村生活的眷恋，根本原因还是怀念着岁月中的人和事。所以整本书的视角，就是当年那个小男孩，正在山间草木间回望。没有人能走出自己的情结，正如没有人能走出自己的回忆。

归根结底，作家记录的并不仅仅是一段记忆，而是人生的纽带。人与人之间，洞察了对方的经历，彼此的心才能获得真正的理解。

纯粹的写作，纯粹的阅读

乔志峰

> 乔志峰：资深时评人，曾担任多家媒体特约评论员，多档电视节目嘉宾。

本书收录的都是随笔类文章，都是纯文学，而不是当下最能带来经济效益的玄幻类作品。看得出，作者写作时没有掺杂太多的功利心，而是很认真地写、很纯粹地写。山河日暮等司空见惯的景物，都成了他抒发情感的载体；挑担人、杀猪匠、缠足女甚至疯子，也都成了他文章中的主角。

可以说，此书较为成功地抒写了当代青年作家发自内心的乡愁和情感，以及对社会、对人生的观察和思考。真实，细腻，动人，且极富质感。

在商业化的社会里，能够认真写作实属难能可贵。在快节奏的生活里，能够静下心来读一本纯文学的纸质书，也并非谁都可以做到。现在读书的方式方法有很多，特别是有了网络和各种各样的电子产品，电子书的出现取代了相当一部分纸质书，只要一部手机在手，随时随地都能抽出时间读书，充分利用碎片化的时间。可是，真正的爱书人想必都知道，要想找到阅读的乐趣，还是要时不时地捧读纸质书；想要从书中获取教益，最需要的还是读那些不沾染浮躁和商业气息的纯粹文字。

想想吧！打开书本，一股久违了的墨香扑面而来；摩挲纸张，淡淡的凹凸感非常舒服。味觉、视觉、触觉顿时都活泛起来，连脑细胞也显得格外活跃。读累了，就闭眼歇一歇，顺便回味刚读过的情节，思考作者的微言大义；看到精彩的描写和精辟的议论，就反复重读、吟咏再三，读到妙处更是击节赞叹……这才是读书，这才是我自己在读书。没有其他人的干预，没有其他因素的引导，全凭我一人做主。哪怕囿于知识面的窄狭和认识的肤浅，对书的理解不深刻、不透彻，又有什么呢？只要还能思考，只要还有读书的渴望和求知欲，那都不是事儿。

  不管社会怎么发展、时代怎么进步，纸质书（或这种阅读方式）都应该会有一席之地。毕竟，读书的过程既是寻求乐趣的过程，也是一个自我提高的过程。这个过程，是需要自我意识的全程参与。我们可以通过其他各种各样的方式来完成对一部书的了解，比如听书，比如观看由书改编的影视剧。但我们同时需要更纯粹的阅读，用自己的眼光和理解去读书。

  很纯粹的写作，值得一读。

总有一个地方
让你念念不忘

目录

Contents

总有一个地方，让你念念不忘

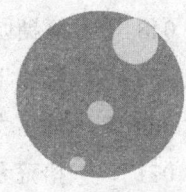

上篇 | 山河日暮

- 003 故乡贵州
- 010 山河日暮
- 016 农民背影
- 021 缝穷婆
- 027 挑担人
- 032 补锅匠
- 038 磨刀匠
- 043 杀猪匠
- 048 麻糖匠
- 053 背盐工
- 063 缠足女
- 071 拾荒者
- 080 疯子
- 087 哑巴
- 093 留守老人

下篇 　睹物思人

- 103　城市后院
- 110　乡下的生活
- 116　渴望外面的世界
- 121　灰色印象
- 129　这一辈
- 133　五十岁的思索
- 147　灯光
- 151　老屋祭
- 160　农村酒席
- 170　樱桃树
- 177　诗意水井
- 186　灶火文化
- 192　怀念爷爷
- 206　奶奶的爱

216　后记

上篇 山河日暮

总有一个地方
让你念念不忘

总有一个地方
让你会会不忘

故乡贵州

贵州是中国西南腹地一片原始而神奇的土地，那里的林、洞、山、水，天然生就、原始古朴，素有"八山一水一分田"之说，水力资源丰富，黄果树瀑布尤为著名，还有绚丽多彩的喀斯特景观。它的优点在于自然环境好，适宜居住，这也使得旅游业成为了贵州

经济发展的一个重要产业。一到盛夏，贵州就会成为很多外地人选择避暑的好去处。

很多外地人并不熟悉贵州，因为贵州在历史上既不是哪个朝代的都城，也没有发挥很重要的枢纽作用。即便是夜郎古国，也只是汉代西南夷中较大的一个部族。蒲松龄曾在《孽海花》里写道："驾炮车之狂云，遂以夜郎自大。恃贪狼之逆气，漫以河伯为尊。""饿虎思斗，夜郎自大，我国若不大张挞伐，一奋神威，靠着各国的空文劝阻，他哪里肯甘心就范呢？"

夜郎是汉代西南夷中较大的一个部族，或称南夷。这个古老的国度存在了300多年。秦及汉初，夜郎已进入定居的农业社会。地多雨潦、少牲畜、无蚕桑，与巴、蜀、楚、南越均有经济联系。"夜郎自大"恐怕是个冤枉。夜郎国是偏僻深处的一个方国，交通不便，自然和外界的联系较少，又怎敢妄自尊大地和汉王朝叫板？当然，夜郎古国的文明超越了自然和人为的界限，绵亘多年，并深入到这片神奇热土的各个民族的骨髓里。

贵州省会贵阳因位于境内贵山之南而得名，已有400多年历史。有句谚语"天无三日晴，地无三里平"，说的就是贵阳。贵阳名字的来历还有一种说法："贵阳贵阳，贵在太阳。"宋朝在敕书中有："惟尔贵州，远在要荒"一语，即是以"贵州"之名称此地区的最早记载。明朝永乐年间才设置贵州承宣布政使，正式建制为省，以"贵州"为省名。

名城故都，常把历史浓缩到宫殿；而贵州，则把历史溶解于自然。贵州既不存在纯粹景仰式的参观，也不存在舍弃历史的游玩，既不铺张，也不拥挤，完完全全是坦荡荡地铺开一派山水，让来访者自然而然去解读贵州多元一体的民族文化。

到贵州旅行，领受最深的就是天工造物的神奇，感受到的是天无三日晴的风情，还有那一串串江水连起来的村村寨寨，犹如古朴的图画镶嵌在青山绿水中。

虽然贵州建省只有几百年，但其历史可以追溯

到很远。溶洞里坚硬的化石,是贵州先人气质的遗留,是先民生态的重温。于是,古人类开始在这里繁衍了,古文化在这里形成了,夜郎文化开始成为悬念,文化的遗址和传说由内而外扩展和传播。

贵州还是名酒之乡,其酿酒历史可以追溯到战国时期,其香醇飘摇于全国各地的山水之间,浓厚而浸润,一如丰满而多彩的贵州文化。

当你看到过侗族的鼓楼,品尝过苗族的水酒,感受过他们的吊脚楼、刺绣和银饰,试穿过布依族的土布,睡过水族的木屋后,就会了解到贵州是一个多民族团结互助的省份。他们在长期的劳动、生活中创造了丰富多彩的民族文化,尤其是苗族、侗族艺术文化的发展最为突出。民族节日时或客人参观时,他们都会用不同的方式来表达对客人的欢迎——通过苗族高傲豪气的笋笙舞和天籁之音的侗族大歌来表达他们的热情好客,以及对美好生活的追求。

由于地理位置的特殊性,贵州在古代没有得到政治家们和经济学家们太多的青睐,在这里建设都城是不可能的，把其作为政治经济文化中心似乎也不太需要，自然也就没有气可吞天、名垂千古的宫殿。但是，如果提到贵州的名人，奢香夫人应该是每个贵州人心目中的首选，即便她只是一个女人。今天贵州人身上的某些特质，可能会在她的身上找到原因。

前些年，贵州在大方县城北建造了一所小规模的宫殿，叫作贵州宣慰府，它是贵州宣慰使霭翠和奢香夫人及其后裔（即历代贵州宣慰使）处理政务的官府。从城中步行最多半个小时就走到了。生于贵州的著名演员宁静还主演过一部叫作《奢香夫人》的电视剧。

奢香夫人在豆蔻之年出嫁，不久夫死，其子尚幼，她便代夫行职，维护民族团结和祖国版图的规整。她看不惯封疆大吏都指挥使马晔好事贪功，企图消灭贵州少数民族的地方势力，以达到邀功朝廷、专横贵州之目的。奢香夫人斩断所配革带，带领水西子弟，开始了这场反对民族分裂的战争。她还颠覆了人们对女人的刻板印象。无论是办汉学、修驿场、告马

晔，奢香夫人都不失为一奇女子。

从奢香身上，很难看到像武后、慈禧那样强势的政治手腕儿，看到的是她从政路上以退为进、宽大为怀的胸怀。

贵州人口语种类比较多，方言也分为很多种，因为贵州的民族种类较多，并且典型的喀斯特地貌也把语言划分为区域性的。特别是靠近湖南和四川两个地方的方言尤为明显。其实大部分的贵州话只要说慢一点，外地人基本都能够听懂，贵州南部方言比较接近普通话，只是声调不太准。这几年，贵州很多少数民族的语言、风俗、生活方式在一定程度上被外来人口同化了，也就少了其原有的独特性。

贵州人对一切事物的安排都有着自己独特的处理方式，江湖豪爽的性格也独具特色。多姿多彩的贵州是一块充满神奇魅力的文化沃土。千百年来，贵州各族人民与山相安生、与水共流长，成就了贵州"歌舞天堂、节日海洋、文化千岛"的美誉。

总有一个地方
让你会会不去

山河日暮

过年,也许是中国人最为特殊的节日。无论是焦急于迟迟未结算工资的人,还是因春运返乡交通不便的人,都在纷纷筹划在哪儿过年。

不管车票多么难抢,路途多么遥远,漂泊在外的游子都会想方设法地挤上回家的火车。仿佛这个时候不回去，心里就缺点什么。

　　毕竟是年底，平日沉默的村庄开始变得热闹起来。腊八过后，在外打工的父母和城里求学的孩子们都陆续回到自家房子，或者是公婆、爷爷奶奶那儿，整个家族的人要一起过年。

　　这种传统节日，一年只有一次，所以即便是一贫如洗的家庭，也会想方设法凑点钱来庆祝。平时舍不得花钱的家庭，遇到这种节日，只要是在他们经济范围内，也是绝不含糊的。农村人过年吃的花样也不会太多，无非就是拿肉和一些蔬菜炒着吃，要么就是炖一锅烩菜。当然都是在自家做着吃，他们才不舍得去城里下馆子吃那顿昂贵的年夜饭。

　　逢年过节，许多人家都会杀一头肥猪。大约在腊月二十左右，猪肉就备好了，新鲜的猪肉用食盐腌渍保存，一周左右再熏成腊肉。此后的两三个月，就不愁没肉吃了。

　　年前三四天，女人们就得去城里采购其他东西了，买吃的时候要照顾到家里的老人和孩子。糖

总有一个地方，
让你念念不忘

果、瓜果蔬菜、一两条鱼、酒水饮料、对联、香烛冥纸、烟花爆竹，这些都是必不可少的。男人们在家带着孩子们大扫除，把一年的晦气扫一扫。

除夕那天，所有人都起得很早，一大早就得开始准备晚上的团圆饭。母亲负责做饭炒菜，孩子们随时候着，剥捡葱蒜，或者跟着父亲贴对联、送年饭。

在我的家乡，家族里有人离世后，坟地一般都选在村子周围，很少有埋在别处的，所以给逝者送年饭便成了体现后代子孙孝道的一种方式。每年春节，山里就会热闹起来，家家户户都成群结队地爬上山头给逝者送祭品。

入夜以后，年夜饭准备得差不多了，桌子摆满饭菜，点几束香，烧点冥纸，祭祀过先人、放过鞭炮后，一家人就围桌而坐，吃起饭来。平常被女人束缚不允许多喝酒的男人们，也趁着这个团圆的节日喝个痛快，一家人边吃饭边拉家常。

近年来，很多人都觉得故乡的年味儿越来越淡，平淡到几乎和往常没有任何区别，甚至连精心准备的团圆饭也吃不了多少。但是年味儿越是平淡，我们越是怀念小时候无拘无束期待过年的时光。小时候并不懂一家人围桌吃饭多么难得，等到长大以后走南闯北寄人篱下时才会明白，跟家人聚少离多是多么无奈，一家人围桌吃饭更是多么奢侈。

身处异乡的体验和感觉是相当独特的，恐怕外出的游子们都很难跳出这种心理循环。置身异乡就难免要割舍一些已有的风俗习惯和心理认知，被迫接受异乡的同化，原来早已调试好的生命温室就会日渐变弱，故乡也就变得越来越远。

这个过程非常的不容易，其实在我们适应异乡的时候，会在饮食、语言、风俗等方面呈现出截然不同的感受。异乡越是和故乡不同，越是能激发出自己对故乡的怀念，乡愁就会变得越来越浓。心灵上常常遭受着这种无形的羁绊，就不得不强迫自己去忘掉故乡熟悉的一切，但越是这样强迫，越记得深刻。

遗忘的同时必定会伴随无言的痛苦，等到我们真

总有一个地方,
让你念念不忘

正明白乡愁到底为何物的时候,才会自豪地对身边的人说:

"我来自我的故乡,我的故乡有山有河。"

让你会会不去 总有一个地方

农民背影

  只要是农村出来的孩子，对于土地都不陌生。我在童年时代，经常会听到父母重复地问我同一个问题："你觉得是挖土苦还是坐办公室苦？"我的回答大概也是不变的："挖土苦！"接着他们又语重心长地讲："儿啊！你一定要好好读书，一定要考上大学，不然就得像我们一样种一辈子地，当一辈子的农民，没有什么出头之日了。你一定要给咱家争口气啊！"所以，我们小时候的目标就特别明确：不要当农民！

等我们长大了，才逐渐明白当年那个问题的含义。他们并不是让我们不要当农民、要我们当官，而是不能像他们那样因知识的匮乏而无法选择出路。在他们看来，当农民是最后的退路，干不了别的，还可以回家种地。

那些种了半辈子地的人，最大的理想便是下半辈子可以不种地。土地还未退耕还林时，村里每户人家的名下可耕种的土地还是不少的。人口多的，分摊下来，每个人名下的土地也有几亩。人们到了耕种或者收割的季节，就变得忙碌起来。每天早上公鸡刚叫几声，他们就起床了。一家人草草地吃完早饭，就扛着锄头，往地里赶去。

栽种之前，需要先把土刨松。以前这部分准备工作是用牛犁地的，一个人在后面掌控着犁头，拿着鞭子吆喝着牛前进，要不了多久，一块地就犁松了。前

几年偶尔还能看见这样的情景，现在基本上看不到了，因为大部分的土地都已退耕，再说整个村庄年轻力壮的人都外出打工了，很多人家里的犁头早就锈迹斑斑了。

家乡的土地种不出什么花样，适合种植的庄稼和栽种的经验，祖辈们早就为我们摸索出来了，或许他们不懂专业的种植知识，但是他们用几代人的时间总结出了规律，并告诫自己的子孙，什么地是什么属性，什么地该种什么庄稼。勤快人和懒人种出来的庄稼，呈现出来的完全是两种截然不同的景象。若有行人走在路边看到某块地里的杂草长得比庄稼还茂盛，或者是边角的地方没有打理好，肯定会指指点点："这家人没什么好出息！"

耕种是辛苦的，但收获却伴随着快乐。一个庄稼人，不管耕种时多么辛苦，只要在收割的季节，粮食的收成能够超出支出，他们就觉得很满意了。他们的背篓装满了玉米，甚至冒出尖儿来，尽管背上的重量不轻，脸上的汗液一直流淌，但他们的心里一定是惬意的。庄稼人的梦想，就是以尽可能少的成本，换来尽可能多的粮食，因为生活的来源已全部压在了这片土地上。

他们的身体仿佛裹着钢铁。他们常常在高耸的玉米地、高粱地中来回穿梭，每走一次，那些虫子和叶子上的碎屑，就会钻进衣服里，脖子上、手上会出现疼痛的淤红。挥舞着的锄头和镰刀已经磨出了亮光，照着他们的背影。

农民们都希望自己的儿子不要当农民，不要种庄稼。我是农民的儿子，自然也不例外。虽然我目前暂时从这片土地里走出来了，但是我仍旧是农民的儿子，仍旧深爱着这片土地。

如果说故乡的人仍保留着平淡的心态和简朴的思想，那完全是得益于那些秀美的青山和深情的土地。那些山，那些地，曾经是他们所不悦的，但至少使他们远离了喧嚣。他们的背影，依旧淹没在山林间、土地上、谷穗里，仿佛太阳和月亮每升起一次，他们身上的光亮就会暗下去，而背影是清晰可辨的。

总有一个地方 让你舍不忘

缝穷婆

清人陈森曾在《品花宝鉴》第五十五回写道：

李元茂饭后，沿着河堤慢慢地走去。只管东张西望，见那些卖西瓜的与卖挑儿的，还有卖牛肉的，卖小菜豆腐的，挤来挤去，地下还有些测字摊子，还有那些缝穷婆，面前放下个筐子，坐在小凳上，与人缝补。

总有一个地方,
让你念念不忘

我国流行歌曲先驱许如辉先生曾在20世纪20年代写过一首著名的歌曲《缝穷婆》,歌词大概是这样:

家无隔夜粮,儿女泪汪汪,手提针线篮,缝穷到街坊。缝穷啊,缝穷啊,谁家儿郎破衣衫,拿来替你缝两针;缝穷啊,缝穷啊,公子小姐不光临,我们的主顾是穷人。不分夏与冬,不分热与冷,坐在阶沿旁,缝补破衣裳,一针针,密密缝,安慰着孤儿的心,一块块,补得紧,温暖了穷人的身。缝了一针又一针,补尽了,天下的破衣襟,补了一块又一块。补不了,一颗破碎的心。缝穷呀,缝穷呀。

缝穷,是一种旧时的老行当。缝穷因穷而生,当时多见于街巷、车站、码头、工厂或居民区附近,由于专为穷人缝合补缀衣裤,故被称为"缝穷"。

北方的称呼比较形象,"缝穷"就是专门给穷人缝缝补补;南方比较直接,称其为"补衣服的"或者"缝补匠"。俗话说"缝穷缝穷,越缝越穷",讲的就是缝穷婆这一行的命运。

缝穷婆通常是一些贫苦的中老年妇女。她们无法从事其他工作,又不想成为家里的累赘,便操持起修炼多年且手艺出众的针线活儿赚点小钱,以贴补家用。她们普遍态度热情,手法迅速,且收费低廉。

出门前,她们都会事先准备好各种材料。每天晚上,点着油灯把以前的旧衣物制作成鞋垫、尿布、布鞋、袜子,然后剪下一些质量好、形式各异的布头,根据大小、花色、质地分类放置,便于白天缝补的时候使用。胳臂上挽一个竹篮子,放一把剪刀,带一把能展开放置、合拢拎走的马扎,就开始走街串巷了。

她们常去那些人流如织的汽车站、火车站、码头摆摊儿揽生意。赶路的旅客常会出现衣服被划破、背包带断裂、裤子拉链坏了、衣服纽扣脱落之类的情况,需要立即处理时就会去找缝穷婆。除了旅客主动要求缝补之外,她们也会提着篮子穿梭于行人之间,东张西望,打量着行人的衣着,所以有时难免被别人怀疑为小偷。除了补衣服以外,她们也卖自己做的布鞋、袜子。缝穷婆的针线活儿出众,做的东西结实、耐用、美观,而且价格便宜,旅客们也愿意花点

总有一个地方，
让你念念不忘

钱买来使用。

她们不仅常去那些人流如织的地方，偶尔也去街上摆摊儿，有时坐在某家店铺门口，有时摆于街头巷尾，有时也去居民区转悠。正因如此，除了旅客之外，流浪汉、杂货郎、民工匠也常去光顾她们的生意，所以都是穷人在赚穷人的银子。

那些下力干活儿的汉子，穿的裤子上面有两块整齐的一般大小的补丁，往往其他地方磨得又烂又破，屁股上面的那两块补丁却完好如初。苦力劳动者穿的衣服要比一般人磨损得厉害，袖口、膝盖、屁股、裤脚这些位置常常会磨坏，丢掉又可惜，买新的又舍不得，所以这时就用得着缝穷婆了。

带一只小马扎，坐在市井道旁，缝穷婆花不了多长时间就能将破损的衣裤缝补完好。那些来补衣服的顾客也很乐意，因为刚好能有个歇脚、抽烟、喝茶、喝二两烧酒的地方，尤其是对于没有家室的男人，缝穷婆实在是帮了他们大忙。

即便这样，缝穷婆们的生活也是十分清苦，有的是家中男人好吃懒做，打骂妻儿，或者体弱多病，无法维持生计，她们才不得不这样抛头露面。

干这行的多半是上了年纪的老妇，不过也有年轻的少妇，要是当中有稍有姿色的年轻缝穷婆，也免不了被一些市井无赖、宵小之徒骚扰。

人们的生活优裕之后，缝穷婆的身影也就逐渐消失了。但是，"缝缝补补又三年"的勤俭节约的传统美德依然值得我们学习和发扬。

总有一个地方
让你念念不忘

挑担人

　　无论走到哪里,他们的肩上总是背负着生活的担子。那副扁担就像一根涂有强力胶的带子,结结实实地绑在挑担人的肩上,不肯轻易卸下,仿佛只要卸下,一家人的收入便没了着落。

　　这不过是一根普通的扁担。说它普通,一来它的

制作方法并没有什么特别之处，只要从山上砍一根结实的木材，拿去请木匠制作出来，或者是寻一根成年的竹子，取接近根部的一米多长的厚实竹段，从中劈开，将边缘削平，再找一根一米长的结实木头，用铁丝扎于竹担中间，便制作而成；二来它是农村成千上万根扁担中的一根，扁担两边系上绳钩，平时便能发挥挑水、挑粪的功效，农村人有谁没有使过扁担呢？

除了平日里用来挑水挑粪之外，农户们每逢赶集时还能用来挑自家栽种的蔬菜瓜果去卖钱。清晨，鸡叫了几声，挑担人便麻溜儿地爬起来，扛着锄头，带着镰刀，背着竹篓，往地里赶去。他们根据上次赶集的销量和土地里农作物的长势，决定采摘哪些农作物。蔬菜成熟的季节便采蔬菜，萝卜成熟的季节便采萝卜。蔬菜也有很多种，有的长成熟时才能采摘，有的长到几寸高便能采摘。

摘菜时，将整棵菜连根拔起，用镰刀割掉菜根。摘萝卜也要连根拔起，先用手抹去萝卜上的大部分泥土，再用镰刀从萝卜根处割掉叶子，然后放入竹篓。采好以后便背回来，这时天全亮了，将竹篓放下，将采摘好的蔬菜一一挑选，把发黄的蔬菜叶剥掉，被虫咬过的萝卜选出来喂猪。选好之后，打开水龙头，将这些蔬菜洗净，摆放在筛子里。筛子的下面放一个三四十厘米高的圆形竹筐，竹筐里面可以放一些杂物，用两根绳子交叉拴住竹筐和筛子，在上方约一米处系好，并挂于扁担两头，便能挑着走了。因为蔬菜瓜果要时刻保持新鲜，所以挑担人会将事先做好的喷壶盛满水挂于扁担一头，时不时往蔬菜瓜果上面喷点水。

挑担人中有的卖的瓜果蔬菜是自家栽种的，这些人平日耕种，家里有吃不完蔬菜瓜果时才挑到集市上去卖。有的是家里没有栽种的，但以此为营生，这类人必须熟悉市场，时刻关注城里人的喜好，以及瓜果蔬菜的周期产量和销售情况，每天一早就得坐上三轮车往附近的批发市场赶去。农村里走出来的挑担人，大多是一些朴实的妇女、老者，男人们或出门在外或碍于面子，很少看见他们挑着担子进城。

总有一个地方，
让你念念不忘

以此为生的挑担人深谙城里的售卖门道，早早地便在车站、农贸市场、学校路口这些人流量较大的地方占一个摊位，或者挑着担子穿梭于城市的街道，向沿途的行人、餐馆推销。有些顾客精于讨价还价，所以挑担人卖给这类人时一般都很实惠，而且足斤足两；也有少部分顾客是从外地来的，或是匆匆赶路人，这些人难得遇到一次，挑担人卖给他们的价格就会相对高点。

挑担人稍有点钱后，便不再挑担了，改用推车进行售卖。如今，不管城里还是农村，更是少见到挑担人了。

让你舍会不忘 总有一个地方

补锅匠

　　我没有调查过补锅匠所去之处是否都是农村,也不曾想过补锅匠这种职业追溯渊源师承何处,更不记得他们是从什么时候开始销声匿迹的。只记得早年在乡间,修补铁制用具主要依赖于补锅匠。

　　补锅匠是一种比较自由的谋生方式,不受任何人的约束,随时停下,抬脚即走。以前农村的经济条件不好，填饱肚子都成问题，更何况是添置新的东西，家里大锅坏了舍不得扔，修修补补总还能凑合用，这时就用得着补锅匠了。

补锅匠要有很好的技术，因为顾客都是老实巴交的农村人，只要你补的锅保证质量、长期不漏，下次锅坏了还会找你补。这种靠手艺活儿为生的职业，赚的就是回头客。补锅匠还得有强健的体魄，因为他们常常得背着沉甸甸的新旧锅底、自制胶水、干粮、器材，去各个村落招揽生意。

听口音，补锅匠通常都不是本地人。细想起来，补锅还真是一门苦差事。补锅匠的生意不大，却是很费体力。他们出发之前把要用的工具按照一定的规则放在背篓或者麻袋里，随身带上炒饼、用砂锅炒过的玉米花，便开始走街串巷，行走时还得时时提防强盗和野狗。

他们"宣传"的方式比较独特，用不着喇叭，一手拿一把锤子，一手拿一个破锅底，每到一个地方，就用小铁锤敲打几下破锅底，每次打出来的声音和节奏都

总有一个地方，
让你念念不忘

差不多。人未至，声先到，村民们听到这种声响，就知道补锅匠来了。

补锅匠的穿着很是奇特，他们身着一款深色旧款长马褂，腰部系着一个深色围裙，袖套套到手肘处，袖口周围都是黑色的烟灰和褶皱的油迹，脚上和鞋上都是灰尘。他们一般是单人出行，生意较好的时候会带着徒弟。

每到一个村庄，他们就会在一家比较大的堂屋前坐下。主人搬出一条四角小木凳子，补锅匠坐下以后，旁人递上来一口需要修补的锅。补锅匠先看看锅，然后和村民商量需要的锅底厚度和材料，顺便预估一个价格，如果村民觉得合适，补锅匠就从麻袋里面挑选相应的锅底比对。选好以后，用大剪刀把旧锅底剪下一个圆，剪下来的旧锅底直接放在另一个麻袋里面。比对好尺寸以后，便掏出身上的小铁锤在剪掉的锅底边缘敲敲打打，再把新的锅底边缘敲打好，直到看起来新旧边缘大体耦合。在新锅底边缘涂上一层补锅胶，放在旧锅上盖住原来的圆洞，再用锤子敲打四周多余之处。几分钟的工夫，破锅就补好了。补锅匠把锅交给村民检验，村民便站在阳光底下或灯光下面，仔细寻找还有没有漏光的洞眼。银铮铮、明晃晃的新锅底反射出来的光映着补锅匠笑容满面的容颜。待到村民拿着补好的锅盛上两三分钟水，没有漏水的话，补锅匠就算是完成了一项合格的作品了。

周围的人家只要有漏水的锅都会翻箱倒柜找出来，围着补锅匠站成一圈，老人和小孩们最喜欢过来凑热闹。这种技术活儿，一朝一夕偷师学艺是学不来的。

有的围观者看着前面人家修补好的锅觉得很满意，就迅速跑回家把坏锅具拿来补好。有的锅具漏洞太大太多，必须裁掉旧锅底换上新锅底才能使用，有的只是略微渗水，漏洞很少，就只需涂点补锅胶，粘一点薄薄的锡片就可以了。

农村人有时很奇怪。平时大家都是日出而作、日落而息，看似没有多大联系，但只要出现什么新奇的人或事，不到几分钟便能聚集起一群人，全村上下能走动的人都会过来看看。一是满足他们的好奇心，二

是如果觉得这些外地人聊得来，便会发挥他们热情好客的本性邀请他们到家里坐坐。补锅匠也不例外，有时候兜里的干粮冰凉了或者吃完了，村民们会邀请他们一起吃饭，走的时候还会送给他们一些干粮。

没有补锅匠，故乡的人就会少了一种特别的乐趣。从另一个角度讲，补锅匠是缝补农村生活和衔接时代的重要纽带。

让你念念不忘 总有一个地方

磨刀匠

很难相信喧嚣的小城和安静的乡村会开辟出一块可以供磨刀匠活动的小天地,让他们孤零零地游走在其中。几年以后,整整一条街或一个村庄的人都认识他们,厨房里的碰撞声和圈里的牲畜声似乎年年月月地都在等待他们的脚步。他们渴的时候,就向路边的人讨一口水喝，一身破旧衣裳，满脸风霜，要是没有那个标志性的随身物品——四条腿都绑着布条的长凳，可能你会误认为他们是乞丐。干这种活儿的一般不会是女人或二三十岁的小伙子。

从家门口出发的时候，他们肩上就扛着长凳，就像是扛着整个生活的重量，不舍得轻易放下。困了的时候，就躲在村庄的破草屋里、农户家的堂屋前、小城的高楼墙角下，暂作休息。

反正在我的记忆里，我没有见过磨刀匠在谁家留过宿，也从来不知道他们来自哪里。他们开工的时候也只是专心磨刀，很少开口和围观者闲聊。

他们无需招牌和随身喇叭，因为他们本身就是招牌。只要你远远地看见有一个人扛着长凳走着，便知道那人是磨刀匠。他们的穿着比平常人要多一些，款式也显得比较醒目——长长的、发黄的外套外面再披一件短坎肩，有时戴着编制的草帽用于遮阳，有时脖子上系着一块灰黑色破旧毛巾。累了就坐在路边，把草帽摘下来煽煽风。穿在里面的白衬衫都发黄了，领

子上的黄色汗渍却清晰可辨。一眼看去，瞧不出他们到底穿了几件衣服，即便大热天也是如此。

需要磨刀的人，看见磨刀匠路过，招手示意，不用寒暄太久，价格也不会太贵。谈好以后，磨刀匠把肩上的板凳放下，再把磨刀石固定在板凳一端，板凳上有一个固定磨刀石的铁制器具，自己坐在另一端开始磨刀，整个过程都要平衡自己的体重和双手使出来的力气，不然即使是绑了布条的板凳也会翘起来。磨刀的过程中，需要磨刀匠不断地用大拇指去试刀口是否锋利和走偏，时不时地往磨刀石上面浇一些水，直到把刀口周围黄褐色的铁锈磨掉、刀面磨亮，然后再试试刀口是否被磨得均匀和锋利，直到对方满意，才算完成任务。

他们磨刀的方法有几种：有的只是平常家用，这种刀对刀锋没有太高要求；有的是屠户用来剁肉劈骨的，刀锋自然要钝一些；有的是用来砍柴切草的，磨出来的刀口就不能太薄了；有的刀缺口比较大，磨刀时间就比较长，用力不能过度，要同时平衡两边，磨得太薄太厚都达不到对方要求；有的需要把刀尖磨细磨薄，便于宰杀牲畜时穿肠破肚；有的只需要换一个刀把就行。所以，磨刀也是一门技术活儿。

　　磨刀匠不能在一个地方待得太久太晚，万一晚上找不到免费歇脚的地方，还得自己花钱住宿。他们随身带的缝制布袋里除了新旧菜刀、刀把以外，就没有其他东西了，磨刀的钱都是放在衣服里面的夹层兜里。

　　有时候，路人喜欢围观看热闹，他们的眼神里有羡慕或嫉妒，也有轻蔑或嘲笑。这些眼神，是城市的人们为漂泊者和谋生者的打分。

　　生活水平提高了以后，磨刀匠们逐渐淡出了我们的视野。那条长凳，无论是在肩上还是胯下，凳腿上依旧绑着布条。

总有一个地方 让你念念不忘

杀猪匠

农村过年最有意思。过年前的一个月,很多外出繁华都市的务工者都会纷纷从外地赶回来,无论车票多么难抢,车费多么昂贵,身边是否带有足够多的盘缠,他们也一定要回家筹备年货。

不像城里人去超市或农贸市场直接采购年货,村

里人基本都是自家准备：磨豆腐、做黄粑、杀猪、灌香肠、腌腊肉……备年货最有意思的一项就是杀猪。

　　农村人都有一个习惯，每家每户都会养两头猪，一头叫"过年猪"，另一头叫"月半猪"，顾名思义就是到过年时或猪长到七个月时才杀的猪。他们认为屠宰市场上的猪肉大多来自外地，那种猪是吃饲料长大的，长得快，但肉不好吃；家里养的猪喂的都是自家种的粮食，这样的猪肉吃得才放心。过年可马虎不得，所以一到年底，杀猪匠的生意就红火起来。

　　杀猪匠分为两种：一是专门以屠宰为生的，干的是屠户的营生，农村赶集的时候，早上宰杀一两头猪，把肉切成块状，内脏单独分开，然后托运到市场上去售卖，这种方式对人的售卖技术要求比较高；另一种是将杀猪当成一门副业，平时忙时做别的事情，年底闲时帮村里人杀猪。杀猪不只是白刀子进去、红刀子出来，而是一门技术活儿。我亲眼见过一位杀猪匠帮人家杀猪时，在猪身上捅了几刀以后，猪还跳起来跑了几圈才断气。

年前大约十几天左右，像往常一样，人们早早地起床，砌好大灶炉，生起火，架起能装好几担水的大铁锅。开始烧水的时候，便唤孩子去请杀猪匠，等水快要烧开的时候，杀猪匠就到了，然后便邀请附近几个年轻力壮的大汉过来。杀猪匠用有提手的草袋子把铁钩、砍刀、杀猪刀等工具带过来，一人分一样。

商量好分工和准备好捉猪的工具以后，几个年轻大汉便开始下圈抓猪。猪也好像知道自己的生命要终结一样，在猪圈里来回跑动，只要嘴被铁钩钩住了，便跑不了了，越是用力挣扎，嘴里流出来的血就越多。与此同时，拿着绳子的大汉再分别套上猪的前后脚。

几个人勾的勾，按的按，拉的拉，把猪拖到油腻的杀猪板上面，死死地摁住，不让它乱动。杀猪匠熟练地亮出杀猪刀，摸准猪脖子上面的某个位置，一只手按住猪的脖子，另一只手拿着刀狠狠地刺进去，流出来的血用器皿接住，不一会儿，猪就消停了，血也凝固了，这便是血豆腐，新鲜得很。接着便是浇热水，刮猪毛，开膛破肚，取内脏，宰杀成块，倒肠

子，腌肉块。

主人家为了庆祝，便就地取材用新鲜的猪肉炒几个菜，或者做个火锅，把刚才器皿里的血豆腐放进去——血豆腐要现吃才有味道——然后邀请邻居大人小孩吃一顿。

杀猪匠走的时候，主人家会送他一块最肥的猪肉或者五十元代为答谢。

总有一个地方
让你会会不忘

麻糖匠

现在"麻糖匠"这种职业的人可能已经彻底从农村和城市消失了,很多人甚至都没有听过。麻糖匠其实就是卖麦芽糖的人,只不过每个地方的叫法不一样。

当一群孩子在院坝里追逐打闹的时候,当收割归来的农妇在厨房里做饭的时候,当年迈的老爷爷坐在房檐下的椅子上抽烟杆的时候，一阵清脆的金属敲打声打破了这样和的氛围。

"叮当当，叮叮当"，最先听见这声音的是孩子们。他们根据这种敲打的声音编出了一句歌谣："叮当当，叮叮当，卖麻糖，麻糖咸，吃汤圆。"然后立刻向屋里做饭的母亲叫喊："妈妈，妈妈，卖麻糖的来啦！"

母亲听见了声音，便从厨房里出来，叫住卖麻糖的人。隔得比较近的几户人家听到声音也都走了出来，几个人围在一起。

麻糖匠找一处能站着放下背篓的地方，转过身子揭开盖在背篓上面的塑料纸，端出一大块麦芽糖，放在垫好报纸的竹簸箕上，从背篓底翻出切麦芽糖的专用刀、敲麦芽糖的小锤子和称重的杆秤。卖麻糖的多是外地人，不常来，所以可以和他谈价格。哪家称几斤，他就会估计出块数，切不动的就用小锤子一块一块地敲下来。

有一位老爷爷经常走过来看热闹，他牙口不好，所

以这种东西他是吃不到的。每回听到叮叮当当的声音，他就会一个人自言自语："硬邦邦的，又嚼不动，只有你们才吃得到。"

不过，麦芽糖也可以烤来吃。切一两块放在火架子上，烤软了就能咬得动了，但是不能烤得太过，否则就全部烤化了。

麦芽糖主要是用小麦和玉米制作而成的，颜色很黄，味道甜甜的，很黏牙齿，等好长时间才会化去。不过母亲一般是不会允许孩子们吃太多的，说甜食吃得太多会长蛀牙，即便是一年中麻糖匠难得来一次。

很多人都不知道麻糖匠来自哪儿，下一站要去哪里，也从不过问，不过从麻糖匠的着装看得出他们并不富裕。即使这样，麻糖的价格也不会太贵，所以麻糖匠每来一次，每户人家都会买上好几斤，实在遇上没钱的人家，还可以让他们从家里用玉米或小麦来换。

麻糖匠在一个村庄待上一两个小时后，带着家人的期盼，继续着叮当当的声音，消失在村尾。

我想，现在还在农村和城市继续谋生的各类漂泊者们，以后会不会也逐渐被人们淡忘，然后又被老人们一代一代地讲给子孙们听？

总有一个地方
让你念念不忘

背盐工

  时间和故事在城市乡村的庭前、院里、灯下、岸边厮磨，或许这是故事最温暖的存在。

  知道盐工故事的人大抵都是一些上了年纪的老人，所以聚集在一起听老人动情地讲盐工故事的人都是儿孙一辈，而这些故事曾是多少家庭祖孙三辈围坐

总有一个地方,
让你念念不忘

于昏黄灯下共同讨论的话题。

黄昏,天色开始沉黑,一条长满杂草的小路穿过竹篱围墙。竹篱围起来的院落之内有几间简朴雅致、小巧玲珑的房屋,房屋的后面有几棵已经枯萎的茶树,房梁上钉着一块足米的破旧木板,上面的四个大字仍然清晰可见——望乡茶居。这种房屋,以前在每个村庄,几十里之内必有一居。房内摆放几张四方桌,每张桌上温有一壶烧酒和一盅热茶,供来往盐工休憩讨茶讨酒时用。

后来,这条路上再无盐工路过,茶居便不再温茶热酒,从而变成了寻常住房。曾经温茶的老人便常常给儿孙们讲盐工的故事。

此地本有盐井。汉末时,夷民共诅盟不开,只得靠川滇等省运进食盐。平日的食盐昂贵,人们卖很多粮食才能换来一斤食盐,要是遇上国家动乱,此地又山高水远,政府便放松对食盐的管理,运销失控,就会给盐商牟取暴利的机会,囤盐于仓,哄抬盐价,盐荒突出。一家人每年耕种的收入只能换盐十余斤,大多数穷苦人家买不起，一年到头饱受淡食之苦。有的人家只得采用细水长流之法，孩童身体缺盐，进食不多，抵抗力下降，大人们便用磨细的白石粉哄骗孩童进食。想吃盐却没钱，要吃盐等过年。孩子们最期盼的节日，便是过年。平日辛苦劳作，积粮几斗，逢此节日，斗粮换斤盐，吃得再差，不淡便香。

乡村的食盐，全是靠盐工背进来的。运盐的路并不好走，均是崇山峻岭、迂回曲折的羊肠小道。天黑以后，人背马驮，骡嘶马响，沿途都是运盐工。

盐工受雇于官府，每月能领到一些工资。他们出发前必须扎好背篓肩带，订好可支撑背篓的木拐，带上几袋干粮和盛满水的酒壶，衣服兜里还揣上一双水草鞋，作为备用。

运盐的方式，除了靠背以外，还得靠挑。扁担是用桑树或成竹做的，用桐油火烤成，柔韧性好，非常结实，走起路来上下晃悠，帮助卸力减压。至于穿着，盐工们从不讲究。寒冬季节，盐工穿着手工编织的草鞋，十个脚趾露在外面，长满了冻疮。

总有一个地方，
让你念念不忘

　　盐工大多是同村或者邻村年轻力壮的庄稼汉，偶尔也有一些老者。除了盐务机关雇用的公用工人以外，其余的是一些砍柴工或者由灶户雇用的工人，也有一小部分是铁、木、石工等手艺工人。平日里官府便找人教他们一些驭马驾车、御敌搏斗之术，或者是听一听村里的老盐工们传授经验，讲一讲沿途的风险和忌讳。他们或孤身一人，或成群结伴，顶烈日，冒风雨，在这条蜿蜒的茶马旧道上，一走便是一生。

　　有的地方政府稍微有点闲钱，便会给盐工配上骡子或者马车。这种盐工相对比较轻松，他们把大部分的盐块分给了骡子和马车，自己承担小部分盐块。而没有骡子和马车的盐工，就只得独自背负全部重量了。由于背上沉重，山路险峻，他们走不了多久便得停下歇肩。沿路一般设有堆砌好的可供盐工放背篓的土坎。要是没有土坎，选一处平坦之地，把抱于腰间的木拐置于身后，将肩上的背篓放在上面，肩膀便不再受到肩带的勒束。停下之后，歇几分钟，点上一杆烟，饮上两口烧酒，啃几口干粮，吃完之后，收起身后木拐，别于腰间，又开始下一程跋涉。

　　盐路旧道两旁，隔几十里便有一处茶居。这些茶居是祖辈们为了方便盐工歇脚而将自家的茅屋瓦舍改建而成的，不但可以为盐工热茶、温酒、烧饭、提供住宿，也可以赚些微利糊口。盐工们出发之前需带足干粮，在一袋袋干粮袋上写上名字或做好记号寄放在沿途的茶居里，便于在返回途中充饥；还可以估计好返回的路程，和茶居预约铺位。

　　茶居前面有一条由几米长的木材做成的凳子，路过的盐工将装有盐块的背篓置于凳上，走进茶居。没钱的盐工，进来只是讨一口茶喝，临走前主人会帮盐工的水壶装满茶；没有预约的盐工，饿了一两天，进来吃饭，主人家给的饭量会很足，盐工们吃上一顿能顶上一两天；有的进来只是为了买几斤烧酒，饭可以不吃，但酒不能不喝，酒可以热身，还可以壮胆。

　　当盐工们穿梭于一个个不知名的沟壑山水间时，山洪、坠石、虎狼、毒蛇无时无刻不在威胁着他们，他们必须时刻警惕，要时时提防野兽、小偷和土匪。

总有一个地方,
让你念念不忘

大家累得筋疲力尽的时候,就把背篓放在木拐上歇一会儿。领头的盐工为了缓解气氛,便唱起了山歌。整个队伍必须非常团结,才能相互依靠地走出去。

运盐途中,有时盐工还得和拦路抢劫的土匪激战,所以盐工除了体力要充足之外,平日还得学一些搏斗技能。要是真遇上土匪,只能和当地的剿匪武装部队联合,共同打垮匪徒,保护食盐的安全。

有的盐工提心吊胆地走完一程,却是没有工资的,但是他们可以根据自身背负的盐的重量,按照某种计算法则赚取一些脚盐供家里食用,换来的脚盐够一家人吃上好几个月。

若是遇到挟其势力向盐务场署包办的领班,以"预借几个月的安家费"为诱饵,欺骗农民到井场夜以继日地轮班工作,加之十分恶劣的劳动环境,根本就谈不上劳动保护。

和陆上的盐工相比,漕运盐工似乎要轻松得多,他们家境并不富裕,但皆识水性,懂得漕运掌舵的知识。漕运盐工每天很早就起床,来不及做早饭,就着白开水，啃几口冷馒头，就投入了反复枯燥的工作中去，在盐田内的输送带上装船，负责搬运工作，等外来船只停泊靠岸以后，还得卸船，同时还兼任着运盐船上的舵手。

他们一般都有自己的船，平日吃住就在船内，这些漕船大多都是在航海中被淘汰下来的船只，已经不能发挥航海的作用了，弃置又比较可惜，盐工们便在船上设坊，摆个方桌，放一壶茶，摆几个茶杯，白天可以在里面喝茶、小憩。船上两侧通风，夏天时躺在船上特别舒服，可是一到冬天就只能睡在岸边的集体宿舍里面。

外来船只停泊靠岸，漕运盐工便配合船上的机械手，用撑竿调整船只前后移动，使得船只停泊在固定的区域，然后再相互连接好船只，便于其他盐工卸船装船。盐工们见船泊好，便纷纷地从盐垛里搬运提前装好的盐块，一袋一袋地往船只运送。

船只出发的时候，船队必须调头，此刻是最危险的，稍有不慎就会沉船，所以盐工必须再用撑竿配合好

船队里的机械手。没有船只来往的时候,盐工们便负责看守工作,他们必须待在自己的工作区域,保障外来船只的指引工作,所以即使是相隔不远的船只,盐工们也很少串船。

一般人干不了这种清苦单调的工作,年轻人更是很难坚持下来,所以漕运盐工们大多是些五十岁以上的老人,一干就是七八个月。有的盐工一直干到年底,中途很少回家,但其实工资并不高。

他们一直守在这里,守住了千万人的味蕾,至于守了多少年,还要守多久,就不知道了,反正这些盐工守盐的日子里,要是哪个环节出了错,他们都能及时解决。这么多年以来,他们一直都扮演着平淡朴实的角色,在自己管辖的区域内,很少发生监守自盗和他盗的事件。

旧社会时,不少人家世世代代靠背盐赚脚盐、守盐赚工资来维持生活,熟识水性懂得漕运的变成了漕运盐工,不懂水性且家庭没有靠海靠河的,就只能靠人力在山野间走出一条盐路了。走出去的盐工不一定都能回来，有的盐工迫于生计或者抱着发财梦想客死他乡，只能由活着的人带回来安葬。

后来，政府加大对食盐的管理和控制，完善营销机制，建立仓库，储盐备荒，调整食盐价格，同时还对守法的盐商给予保护和支持，斗粮换斤盐的局面不再出现了，几个鸡蛋便能换一斤盐。

现在山野间很少看到盐工的身影了，而河道边的盐工依旧操守着他们的职业。

总有一个地方
让你念念不忘

缠足女

　　院墙高深的闺阁之内，女人端一盆热水，虔诚坐下，将双脚洗净，把水擦干，趁双脚温热，拿出工具，熟练地将双脚四趾往脚心拗扭，接着在脚趾间涂抹药粉，片刻之后，用白布将脚层层裹紧，再用针线缝上。夏日夜晚，闷热难耐，脚掌发热，足部肌肤开始收

紧。女人疼痛的声音在黑夜里萦绕，脑袋深深低沉下去，想到丈夫即将归来，猛然惊醒，深觉罪过，精神瞬间抖擞，咬咬牙，忍一忍，做工去了。

自从缠足以来，女人基本待在闺阁之内，白天痛得寸步难行，晚上睡觉双脚蒸热，如炭火烧着一般，只得把双脚伸出被褥之外，往冰冷的墙上来回摩擦取凉。实在疼痛难忍，欲把裹脚布解开，没想到动静太大，吵到了同床的丈夫，被一顿埋怨甚至毒打之后，重新裹上白布。冬日雪朝，四野坚冰，身上衣履单薄，厚度不如裹在双足上的白布，冻僵的手指把裹脚布一层一层解开，越到深处越难解。白布和血渍粘在一起，最后一层，血肉模糊，只得狠心把布往外拉。呵出热气，暖暖手指，顺手用刚刚解下的白布将眼泪擦干。

年迈的婆婆住在隔壁，婆婆是过来人，学识渊博，经常过来指导一下缠足的方法。儿媳的疼痛声偶尔传到婆婆的耳朵里，婆婆会根据声音的强弱来推测儿媳妇缠足到了哪个程度，但随即立刻咳嗽一下，儿媳立即领悟，于是不敢作声了。

白天儿媳偶尔扶着墙走到门边，习惯性地向婆婆请安。两个女人都盼着儿子早日回来，试一试女人的小脚。

过了不久，恰逢镇里举办"美足"大赛，镇里打算选出瘦、小、尖、弯、香、软、正的三寸金莲。四村妇人，皆能参加，男女老少，欢喜无常。

缠足女人平日里只能待在闺阁之内，从未参加过这种活动，也从未见过如此拥挤的人群。她们皆由丈夫搀扶或者抱着，宛若一个携婴朝拜的信士。搀扶妇女的丈夫不得不把步子放慢，还时不时端详四周妇人的双脚。妇人脚上穿着弓鞋，头部翘起，像极了古罗马军舰自豪翘起的船头。

丈夫抱着妻子行走没多久，就放下来让妻子自己行走，毕竟比赛不只是做表面功夫，还得展示其真实水平。

妇人皆在丈夫的搀扶下赶到参赛现场，主持人在如潮的掌声中走到台上，一开口就引经据典："过去女人裹小脚，是由南唐李后主引出来的，可能更早，这

位懦弱无能的皇帝，诗歌写得不错，复国无望，于是成天和妃子宫女混在一起。妃子争相献媚，其中一位妃子别出心裁地用布把脚缠起来，走起路来一摇一摆，见了李后主勉强一笑，因为疼痛，又紧皱眉头，皇帝看了，又疼爱又怜惜。后来这位妃子深得恩宠，做了李后主的皇后。他的妃子均争相模仿。缠足于是开始从宫廷传到民间，以后皇帝从民间寻找女人，皆看双脚是否生得小巧玲珑。"

台下人群均伸长脖子，细思冥想，听得入神。随后主持人又说："皇室都如此，四村八店村妇岂不效仿？文人雅士岂不写诗作文赞赏一番？接下来就有请四村八店的妇人们依次出场展示自己的'美足'。"接着搬来一把木椅放在台中间。"有请本地名望比较高的缠足老妇。"

众人掌声经久不息。先上场的是一位缠足很久的当地妇女，身上散发着阵阵幽香。她不紧不慢地走到中间坐下，在众目睽睽之下把金莲鞋脱下，再把裹脚布解开，只见她的脚心已经裹出了一道深深的凹痕，脚掌差不多可以折成两半，前段脚掌跟脚跟紧紧靠着，小指夹在深痕里面，脚本向上拱成高坡状，脚的长度看起来大约三寸左右。

这位妇女向大家展示着她那瘦得几乎只剩大拇指的脚掌，得意地说："我走路的时候脚掌向前推的力量很小，脚跟必须着地，用大腿运步，小腿因肌肉不发达所以变得很细。"

顿时，场下阵阵喝彩。场下某文人立刻说道："尝有三寸无底之足，与四五寸有底之鞋，同立一处，反觉四五寸之小而三寸之大者，以有底则趾尖向下而秃者疑尖，无底则玉笋朝天而头者似秃故也。"

接着上场的是一位从北方嫁过来的妇女。她的双脚瘦削正直、傲视众人，脚掌左右侧还插着竹片，这是北方常用的缠足方法。

她向靠近前排的观众展示："要是遇到脚缠得不如意的时候，有人会拿着石板帮压脚，双脚变得麻木，为了防止双脚坏死，所以得起来多行走，并做洒扫工作。要是偷偷解缠脚布，或是哭叫闪躲不肯缠裹，母

亲或者婆婆屡劝不听,便会拿起鞭子藤条到处乱抽。"

后来的妇女纷纷上场,大家通过投票,选出了形、质、资、神、肥、软、秀兼具的小脚。

自宋朝以来,不少文人雅士都有意无意地用诗文吟咏过金莲:"第一娇娃,金莲最佳,看凤头一对堪夸。新荷脱瓣月生芽,尖瘦帮柔绣满花。从别后,不见他,双凫何日再交加。腰边搂,肩上架,背儿擎住手儿拿。""涂香莫惜莲承步,长愁罗袜凌波去;只见舞回风,都无行处踪。偷立宫样稳,并立双趺困;纤妙说应难,须从掌上看。"……

政治上的推广再加上文人的推波助澜,缠足就成了强化父权制的催化剂。金莲女本身的形象就是一个梦,宫廷和官场社会风气如此滥觞,皇帝和官员都认为小脚是美丽的,一个女人的长相和身材再好,要是没有一双小脚,就会被人耻笑,而且很难嫁出去。封建社会男尊女卑的传统习俗一直延续了几千年,男主外女主内顺理成章成为了铁定的社会模式。

与中国女性的缠足相比,非洲有些民族的女性以嘴大为美，于是设法把嘴唇拉长；有的以颈长为美，于是用环把头颈垫高；有的以无牙为美，则锉去牙齿；欧洲中世纪的男女都以细腰为美，于是盛行束腰……

1912年3月，孙中山发布命令通饬全国劝禁缠足，一批年轻的进步女青年不禁由衷欢呼。

总有一个地方
让你念念不忘

拾荒者

童年的时候,在家乡经常能看到拾荒者的身影。

一般人眼里的拾荒者,大概是家境贫困、丧失劳动力或无依无靠的孤独者,衣着奇特,蓬头垢面。他们与平日里干农活儿的人不一样,出门前会换上一套不太干净的深色装束,衣服比身材要大很多,便于携

总有一个地方，
让你念念不忘

带干粮和塑料瓶之类的小型可回收物，所以他们走动起来比较滑稽。

每天一大早，三两个拾荒者背上竹篓，手持带铁钩的木棍，就出门了。这里刨刨，那里翻翻，饿了啃些干粮，吃没了便在路边的饭馆坐下，叫一碗便宜的粉面。饭馆的主人宁愿少赚几个钱，也不愿让他们进去坐，所以大多数的拾荒者早晚两顿皆在家里吃。他们或者结伴，或者单独行走，走起路来东张西望，"贼眉鼠眼"，死盯着人家还没有喝完的饮料瓶、欲丢弃的快递箱子，很不受路人的待见。

乡间的各种拾荒者，可以分为三级：业余的拾荒者生活水平较高一些；以拾荒为生的农户生活水平和平时一样；疯癫拾荒者每日风餐露宿。这是因为，业余的拾荒者多半是一些年迈的老人，他们闲坐在家，又不想增加儿女的负担，便出去活动活动，走街串巷，出门前随身带一个尼龙袋子或者绳条，回来时顺便沿路捡些塑料瓶子之类的可回收物，变卖了赚些零用钱。其实这类拾荒者生活基本无忧，除了儿女每月给的赡养费之外，还能领到政府救济金。

拾荒者中生活水平较高的，是以拾荒为生的农户。乡里乡外都知道，其实他们的存款也不少，即便是这样，他们的生活依旧清贫。

最低一级的拾荒者叫作疯癫拾荒者。为什么要这么称呼他们呢？因为这类人生活水平最为差，四海为家，漂泊不定，平日里在大小城市来回行走，看起来似乎和别的拾荒者没什么两样，其实他们有一个共同特点，就是心智不正常。在我童年时期，上学的路上常看到他们扛着麻袋与我们逆向或同向而行。与他们擦肩走过时，常常能听到他们在自言自语，但又听不懂内容。当他们发现有人在看他们时，他们会对你傻笑，然后所有人都害怕地走开了，离得远远的。

其中有一位拾荒者给我的印象最深。他的头发很长，因常年不洗头，蓬乱的头发已经结成了块，身上的味道跟垃圾堆的味道一样。他穿得很多，男装女装都有，除了他原本的那件衣服和那条裤子以外，别的都是从垃圾堆里面捡来随便套上的。起初我以为他穿

总有一个地方,
让你念念不忘

这么多是为了御寒保暖,没想到夏天再见到他仍旧是那身衣服,同样的着装,身形更瘦,伤痕更多,胡子更长,头发更厚,肩上扛着的麻袋更鼓。

我一直不知道他的麻袋里装的是什么,除了吃的穿的还能装什么呢?直到前几年冬天,这位四十多岁的拾荒者冻死在乡镇的边沟里,警察来翻他的麻袋,才知道里面装的根本不是吃的和穿的,而是一些奇奇怪怪的物品,这些东西其实是他留给孩子的"玩具"和"日用品"。

与别处的疯癫拾荒者不同,这里的疯癫拾荒者的"待遇"还是比较好的。一些年迈的妇人,可能属于业余的拾荒者,自然知道他们的困苦,见到他们扛着麻袋从自家门前走过的时候,便会招手示意。这些人饥饿难耐,看见手势就进去了。

他们一进门便挂着傻笑。说来也怪,小孩子听不懂他们的语言,老妇人竟然能够和他们交流。老妇人给他们做一碗热腾腾的饭菜,临走的时候还把家里没人穿的衣服赠送给他们,还有一些老妇人会塞给他们一些零钱。

从老妇人的口中得知,这些拾荒者本来也是过着衣食无忧的生活,因为接受不了突如其来的生活打击,便被家人赶了出来。一时接受不了,心智便失去了正常。

后来我再遇到他们自言自语,仔细一听,才发现他们是在叙述自己的经历。

相比而言,别处的疯癫拾荒者就很难生存了。因为饥饿,他们常去附近卖食物的小店里偷食。他们穿着奇特,气味难闻,行动也很笨拙,被小贩发现就是一顿驱打。他们也不还手,光是傻笑。除了偷食,他们还喜欢到学校附近游荡,因为学生常把吃不完的食物扔进垃圾桶里,这样他们就能捡起来继续吃。

很长时间以来,我以为他们经常露宿街头,居无定所。直到有一年我和玩伴儿去山坡里摘松果时发现了他们的住所。

他们搭建的临时住所极为简陋,没有棚子,屋顶是一根枯木挂着破红布,作为遮风避雨用;住所内的日用品全是捡来的,横七竖八地躺着;至于床铺,则

是由鼓胀尼龙口袋围成的。

  疯癫拾荒者经常是饥一顿饱一顿,这并不奇怪,因为他们不会规划自己的生活,也没有固定捡垃圾的场所,更不受路人的待见。而真正以拾荒为生的农户,和平常的农民一样,日出而作,日落而归,去的时候背着空竹篓,拿着棍子,戴上帽子和手套,朝着附近的垃圾场赶去。

  家乡有一座垃圾场堆积如山,已经有好几十年了,方圆十里的垃圾车都把垃圾倒向那里,所以那座垃圾场也成了附近拾荒者的常驻之地。有的拾荒者为了方便,干脆就在"垃圾山"上搭建了一顶简易帐篷,携带一些生活用品,就开始了他们在乡镇的另一处生活。就连儿女,也得跟着父母来到这儿定居,每天放学之后,放下书包,就背着竹篓拿着铁钩从山脚开始爬、刨、捡、放,直到山顶。

  这些垃圾主要来自城市,农村人的生活垃圾比较少,而且习惯把生活垃圾倒向耕地烧成灰,发挥肥土的功效,所以拾荒者除了能从"垃圾山"里面捡到塑料制品、废弃金属、皮革纸张之外，还能从中捡到不错的鞋子和衣物。这些东西多半是城里孩子没穿多久就扔掉的，有的只是破了一个洞，有的只是线头松动，有的哪里也没坏，只是款式过时罢了。他们会把这些物品拾捡起来，洗干净，把破的地方缝缝补补，再接着穿。所以，童年时期的很多孩子会疑惑家境贫困的同学为何经常身着旧式名牌。

说起来有点怪异，常年和垃圾打交道的他们，竟然能够在短短几年内富裕起来，并有了一些存款。不过他们并没有荒废拾荒这门职业，除了必要的社会活动之外，他们依旧背着竹篓，拿着铁钩，戴上帽子，一大早就出发了，但是一般不会和儿女同路。

上学的路也像拾荒者的路，当拾荒者的孩子看见可回收物时，也会在没人发现的情况下悄悄捡起来装进书包。放学之后，普通孩子都喜欢邀自己最好的玩伴儿来家里玩耍，而拾荒者的孩子是绝不会主动邀请朋友来自己家的。

即便拾荒者的生存状态和生活方式能以一种较为

优越的方式过着,他们也会朴素如常,勤俭持家。

拾荒者有了钱,会买点砖瓦,在自家的土地上盖起一处瓦房,作为收荒之用。他们只需要买台电视即可,别的家具不用配置,因为"垃圾山"里都有,屋内漆黑,地面坑坑洼洼,床上的被褥也懒得洗,杂物堆积如山。

有些拾荒者的一生很是崎岖坎坷,老婆会因为拾荒行业低贱而离家出走,一个拾荒的男人便带着四五个儿女维持生活。有的拾荒者等到土地赔了款,有了钱,老婆就突然回来了。

后来,乡镇里再难见到疯癫拾荒者了,而以拾荒为生的农户依旧存在。

总有一个地方 让你念念不忘

疯子

有个疯子，是我们村里的一位长辈，头上常戴着一个棕色毛线帽。在我的印象里，她的装束既不漂亮也不利落，除了有时候异常疯癫的行为让人无法理解之外，从外表和谈吐看来，基本跟常人没什么不同。

不知是什么时候她嫁到我们村的，她先后生了两个女儿和两个儿子，一家人挤在一间不到三十平方米的茅草屋里。后来两个女儿出嫁了，生活的负担减少了很多。大儿子二十多岁的时候犯过一些错误，受了几年牢狱之苦，出狱后在外地闯荡了几年，赚了点小钱，在村里建了一排平房，安定了下来。最让她揪心的是，二十多岁的小儿子的孩子都一岁多了，年近四十的大儿子却始终没有寻到一个媳妇儿。

他们住的平房里，物品随意堆放，水泥外墙被附近的孩子们涂写了一些奇怪的图像和文字，从没见他家贴过春联。大门的两侧贴了一副用很粗的毛笔在白纸上写的挽联，被风吹得剥落了很多，不成形状。这才新建了几年的房子反倒不如别人家的老平房好看。

像别的庄稼人一样，他们的收入主要来自土地，一家人都围着那几块地摸索了几十年。像别的父母一样，他们也希望自己的儿女能读好书。

在我上小学的时候，每天一早从门口的小路过去，常常看见她佝偻在那块地里栽种秧苗，或是除地里的杂草，回去的时候，她一只胳膊夹着一捆菜，另

总有一个地方，
让你念念不忘

一只手拿着浇完菜的水壶。等到她家地里的蒜薹长大，可以抽出蒜薹丝的时候，我们趁着没人，偷偷抽上一把，拿回来用手折成小断，炒着吃。我们安然窃喜地剥夺了她的劳动成果，只是觉得好玩，不曾想过后果。后来，听大人们说她是疯子，便再也不敢去了，而且也很歉疚。

　　起初我们不信，以为大人只是吓唬我们，因为我们眼中的她还是挺正常的。我曾去过她家的茅草房，她常常一个人坐在漆黑的屋内一角的床上，凭借从白色塑料纸的窗户透过来的光线做针线活儿，缝缝补补的，似乎是为了省钱，几十瓦的灯也不常开，开不了多久也就关了。她也会像别的妇女一样，出去赶集，采购物品，或者背一些自家种的蔬菜去镇上卖。我们在路上遇见她的时候，心里虽然存有芥蒂，但也会跟她打招呼，她也同样礼貌地回应我们，看起来并非异常之人。

　　有段时间，我们真的发现她疯了。每天吃过晚饭之后，远处就会传来她唱山歌的声音，忽大忽小，忽明忽暗，凌乱不全，唱的内容大抵都与她和她的家人有关。这时候大人就会吓唬我们："再不睡觉，小心疯子把你背去！"我们吓得赶紧把被子盖过头。

除了在家里唱，有时候她也会坐在她家的地里唱。我们路过的时候，不敢仔细听，只得迅速加快脚步，生怕她真的把我们背去。

事情并非我们想象得那么简单。听说，为了治她的疯病，本就拮据的一家子凑出钱来带她去过很多医院，甚至用过很多偏方，却仍不见效，钱花了不少，病情却没有好转的迹象。有时候发现她不疯了，也能像正常人一样洗衣做饭、挖土栽秧，但维持不了多久又复发起来，情况比上次还糟。

我记得有一次在路上遇见她时，我和几个弟弟都有意避开，但路太窄，我们便从她身边小心翼翼地走过，不知她从哪里来的力气，抢走了弟弟提着的装满水的铝壶，扔到了土坎下面，再抱起土坎边的石头把铝壶砸成了饼状。我们吓得赶紧跑回家去。

她的男人晚上过来赔罪，过几天又买了一个新铝

壶还了来。后来我们见了她,像是见了煞神一样,躲得远远的。但事实上,除了那次吓着我们之外,她也没有把哪家孩子"背走"。

没有了健康,生活就不能称之为生活,人就会虽生犹死。

她的家人是不会让她独自一个人待在一个地方的,无论去哪里,她的男人或儿子都陪着她。不知道现在她的病情是否有所好转,我记得前几年回乡的时候,还曾看见她一个人呆呆地站在被锯掉树干的白杨树旁的路口,仍然穿着奇特,面容憔悴,望着对面修了没几年的马路。她看见我,似乎早就忘了从前发生的事,照旧礼貌地笑着问我的现状。

我曾经很奇怪她的丈夫为何要苦苦守着这个疯子,这样守下去,得守到什么时候?一切值得吗?前年,听说距离我们村不远的另一个疯子死了,她那生前跟了她五十年的沉默寡言的丈夫,在葬礼上号啕大哭,一夜发白。从此,我明白了她丈夫苦守的原因。

现在,我大概明白了,她站在路口守望,守的是她的两个儿子，望的是大儿子能带回来一个媳妇儿。

人啊，真是一种奇怪的生物，没钱的时候希望有钱，不顾身体拼命挣钱，有钱的时候又渴望别的。等到看明白了一切之后，才会觉得生命是多么宝贵，健康是多么重要。

总有一个地方 让你会会不忘

哑巴

  凌乱而油腻的长发,憔悴而挺阔的面容,强壮而有劲的身体,陈旧而耐脏的衣裤,腰后的镰刀别在奇怪的皮带内,一只手牵着肥壮的牛,另一只手提着一捆勒紧的草,身上背着一大捆刚收割的豆秆、玉米秸秆。若在我们村里看到这样的人,那他大概就是那

个哑巴。

哑巴是天生的，幸好他的父母没有抛弃他，但也没有让他接受过正规的教育，但在那个年代，正常的孩子都不一定有上学的机会，更何况是个哑巴。如果在视觉、听觉和语言上存在障碍的孩子要像正常人一样读书上课，除非有国家补助或善人捐款，否则一个贫困家庭是绝对承担不起的。

在我们身边，目前还会偶尔听到"某地路边发现一个弃婴"之类的新闻，我绝对相信，天下没有不爱自己孩子的父母，但也有因种种缘由而抛弃子女的父母。哑巴能活到现在，得感谢他的父母含辛茹苦地把他拉扯大，太不容易了。

周围的人们偶尔会三五个聚在一起拉闲话，张家长李家短，村里的人都会被挨个儿点名，连阿猫阿狗们都不漏掉。聊到哑巴的时候，一个人会说："哑巴都三十几的人了，那个老者老奶还不给他寻个婆娘，再过几年想找都找不到了。"另一个人说："那老奶奸得很，哑巴又勤快又肯下力，赚的钱都交给他们保管，老者老奶哪里肯放手呢？怕他这辈子都找不到婆娘咯！"

帮哑巴找媳妇儿，哑巴的父母其实是有过这种想法的，但是贫困家庭想找一个儿媳妇都不容易，更何况他们的儿子还是个哑巴。

距村里不远的城里，有一对哑巴夫妇，他们有一个儿子，儿子在他们的生活中充当着翻译官的角色，而村里哑巴的生活就没法跟他们比了。

城里的哑巴是后天性的，他们能说一些简单词句，但是吐字不清，接受过初等教育，识得一些字，能像正常人一样打麻将、玩扑克，生活得还算充实。

村里的哑巴只会向人比划手势，但他没有接受过专业的手语训练，只有在他身边待得较久的至亲才能看懂一二。他常常从喉管声带里发出宣泄的声音，或许是想极力冲破语言障碍，然而他能表达的声音却并不多。

他父母没钱帮他成家立业，一切只能靠他自己。村民们去工地时，常会叫上哑巴，替他寻一些他能做的

总有一个地方,
让你念念不忘

事;他们去外地打工时,也会带上哑巴。

我可以想象,这么多年以来,他在生活和工作中遇到过多少"哑巴吃黄连,有苦说不出"的尴尬境况,心里的委屈无法开口向父母和朋友倾诉,只能藏在心里。

若是他想做出否定的表达,他的手会在胸前来回有力地挥舞,同时脸上会呈现出瞧不上的表情,或者竖起右手的小指头;若是他想做出肯定的表达,他会毫不吝啬地竖起他的大拇指。至于别的意思,就必须用上整个身体了。与他交流,我们都他尽可能地让彼此明白对方的意思,但那是不可能的。

跟他交流时,也会有一些忌讳,比如你在他面前摸鼻子和摸眉毛,他会误以为你是在骂他或是骂他的父母。小时候我们觉得这样逗他挺好玩,常常快要到路口时朝他做这些动作,然后一溜烟跑掉,如果被他逮住,他会狠狠地揍我们一顿。我不敢在他面前做这些动作,但是在他的背后偷偷地做过。

现在想起来,觉得甚为后悔,觉得年少的时候实在是不应该参与到嘲笑哑巴的阵营中去。

我在路上碰见他的时候,他会用他的方式跟我打招呼,"问"我一些关于我的事情,我大概能猜到他的意思。"你上大学,厉害!什么时候回来的?"我的回答也尽可能地让他"听"得明白。

村里有红白事时,主人家都会请哑巴来帮忙,但是我发现,哑巴每次帮人,干的都是一些脏活儿与累活儿。在路上走着,常常看见他的肩上扛着许多折叠桌椅,或者跟人们一起抬棺木,抬大火炉。不知道是主人家故意分配的,还是哑巴主动选择的,大概是人们都觉得哑巴身上的力气要超出正常人许多。

他的生活,总是在简单地重复着,尤其在他成年之后。每天一早,牵着牛、别着镰就走了,中午回来时,牛喂饱了,草也割了。下午,跟着父母下地做些庄稼活。他的生活,偶尔也会有些插曲。他的故事,比常人的更耐嚼,更有味道。

或许他的心性跟同龄人还是有些差异;或许上帝为每个人关闭一扇门的同时,都会为他另开一扇窗。

总有一个地方 让你会会不忘

留守老人

在人生这条道路上，或许每个人都是孤独的旅客。

但世事总有例外，有的人一辈子只有父母，没有家庭、儿女，但他还有事业；有的人没有事业，但他还有父母；有的人不仅父母早逝，没什么事业，还得

靠政府救济勉强活着。这几种独居的生命状态肯定是不一样的。

路始终还得自己走。古往今来，有多少人的一生是完满的呢？恐怕没有。或许不完满的人生才是真的人生。

有的人活了大半辈子，大部分时间都在追求事业顺风顺水、家庭和睦温暖，然而年龄越大，处境就越是尴尬坎坷，对人间冷暖、世态炎凉的感受就越是深刻，到头来才惊醒：人生要是没有缺憾，那就没有什么味道了。

我们村里有两位老人，他们的相貌极为平常，像大多数农村人一样，生活的辛酸早就在他们的脸上和身上划满了刻痕，人生的无奈压弯了他们原本就不高的身材。

在穿着上，他们从来不会在意。在我印象中，他们几乎没有穿过整洁的衣服，即使是夏天，身上的衣服也是一件裹着一件。手上深刻的皱纹，是他们操持了一辈子庄稼的证明。要说他们身上有什么最明显的特征，那便是从外貌上看起来至少要比同龄人老十岁。

　　这两位老人没有家庭，我从未见过他们的家人。据说，他们的父母早逝，早年他们就寄居在村里温饱不愁的人家，寄人篱下，虽能基本解决温饱问题，但生老病死的问题都得自己把握，冷遇和白眼都是自己体尝。不仅如此，社会还给他们的人生添加了几个标签："五保户""孤寡"等。

　　我小时候不懂这些标签是什么意思。大人们跟我们讲，"五保户"就是无儿无女的人，政府管着他们，每个月会给他们生活费，去世后政府也会管。我们听了之后觉得"五保户"很不错嘛，嚷嚷着我们以后也要当"五保户"。大人们听后哭笑不得，愤然地教训我们。

　　有了一定的生活能力之后，他们就不再寄居于别人家了。虽和我们是同村，但他们住在山的那边，那边原先有七八户人家的，后来人们都去城里谋生了，房子都空着。有位老人搬进了一间空平房里，另外一位老人仍然住在他自己的草屋里。

　　我去过那间草屋，帮那位老人调过电视，是他来

这边接水的时候客气地请我去帮忙的。走进屋内，一览无余，除了乡里给他发的电视、电磁炉和电饭锅外，其他家具都是黑色的，堆满了灰尘。其实他的电视只需要换一换天线的位置就可以了。当时我就在想，在这几十年来，这么简单的问题，不知道他们遇到过多少回，也不知道他们吃过多少没必要的亏。

按照山那边住过的人的谱系来算，两位老人和他们算得上是亲戚，但同是农民，别人也没有闲钱和赡养他们的义务。

乡里名义上管着他们，但每个月的救济只能算是帮上点小忙。他们烧的煤炭必须得自己掏钱买；山里路途遥远，水必须自己亲自挑；若生了病，也得自己负责。

每次他们佝偻着腰来接水时，就会站在别人家的门前呆呆地看着，两只眼睛泛着仰慕的光。他们望着别人家的孩子和大人坐在一起笑着、说着，大人们教育着孩子……这些是他们从不敢奢求的。

接水的人家见到他们来了，会礼貌地寒暄一下："大爷，进来坐一下吧？"老人有自知之明："不坐了，接完水我就走了。"有时候来接水，恰好遇到人家在吃饭，同样也会喊他们进屋里吃饭，但都是坐在饭桌旁端着碗喊，并没有站起身来真心地把他们拉屋里去。

这个世上的好人一定多过坏人，但坏人实在难以定义。不请进屋里去，谈不上是坏人，或者说根本就不是坏人，但好人就比坏人容易定义。老人们有时候去另外一家接水，这家人就会热情地请他们进去坐一坐，叫他们吃饭，并把碗放进他们的手里。

人老了，没什么好处，老态龙钟，惹人厌恶；但也没有什么坏处，见多识广，阅历丰富。这个年纪的老人，应该待在家里，儿孙绕膝，颐养天年。但他们不同，他们必须为自己的一切负全责，赶场（本地话，赶集的意思）、背煤、挑水，本该是由儿孙负责的活儿，他们全都独揽一身。

下地干活儿，锄地种庄稼，到底是生活的无奈，还是生命的寄托？就不得而知了。他们每年都操持着周围的几块土地，种菜种玉米，养几只家禽。他们种的

总有一个地方，
让你念念不忘

粮食一个人吃不完，经常在赶场的时候背去卖，换点钱买点别的回来。村里有几户人家偶尔会在他们那里买点粮食，有的人还埋怨："他抠得很，去年叫他卖些麦子给我他都不干。"

他们饭后的生活，大概是无聊且无趣的。看电视吧，也不能常看，因为考虑到电费的问题，于是关了电视，顺着山里的路走到这边来串门。

看到别人家的小孩在门口玩耍，心里的悲戚便不言而喻。如果他们有家庭，孙子们大概也是这么大了。或许是因为天生的父爱吧，他们常常能和别人家的小孩子们玩到一块儿去，感受着那种无以言表的快乐。他们多么希望自己能健步如飞地走在路上，身后簇拥着自己的子孙。

尽人事而知天命，无论上天跟他们开了多大的玩笑，但是他们的生命强度非一般人能比得上的。这样的生命是值得我们敬仰的。

一条幽径，曲折迂回和满地荆棘中总会有心旷神怡的天水一色；一波巨澜，潮起潮落和惊涛骇浪中更

【上篇】山河日暮

能冲撞出惊心动魄的鸣想；一个故事，遗憾悲婉和离愁别恨里才有肝肠寸段的凄凉；一种人生，跌撞困顿和风吹雨打中方显惊世骇俗的豪壮。

下篇　睹物思人

总有一个地方
让你念念不忘

总有一个地方
让你念念不忘

城市后院

当都市急促的旋律和节奏渐渐磨平我们骄傲的风骨和风发的意气的时候，当我们厌倦了那些轻歌曼舞的陶醉、纸醉金迷的迷惑，向往着在幽静下漫步、月光下私语、杯光烛影下开怀的宁静生活的时候，心头的另一处总是有些神秘的东西吸引着我们。

总有一个地方，
让你念念不忘

看惯了城市的高楼大厦、灯红酒绿，年龄越长，越加崇尚乡村的低房矮瓦、自然风光。不为别的，仅仅是因为故乡的夕阳中土地的辽阔与深远，一直都让我们这些流落他乡的人心怀敬畏。而我，一个吃五谷杂粮长大的人，愿蹲下身子，亲吻着这陌生而又熟悉的土地。

仇视、忧愁、期望、算计、猜忌、懊恨、惧怕……都像梦魇般压在我们原来自然的心灵之上。每当我们脱离了烦恼的日常，接近自然，那宽阔的流水清澈见底，看着水底下岿然不动或被水冲击稍微移动的卵石，绿绿的水草舒舒缓缓地摆动它们的身体；那听烦了的鸟叫声，在耕种之时会来提醒你，在收割之时又会不厌其烦地提醒你；那些满天繁星、雨后彩虹，你常住在这里时不觉得新鲜，等你从外地回来便会更加珍惜。我们全身的每一个器官都在享受这些盛宴，就会觉得轻松得多，舒坦得多。

从前我一直住在乡下，时常揣摩农民的生活。他们表面看来是日复一日的劳瘁，穿着是一如既往的邋逼,但内里却有一种含蓄的乐趣。生活是原始的、朴素的,但这原始性就是他们的健康,朴素就是他们幸福的保障。

这里分明是一片青天,一阵凉风,一泓清水,它可以为一个新的洁净的躯体创造一个新的洁净的灵魂,也可以为这新的洁净的躯体和灵魂创造一个新的朴素的生活。

有时看见石子路旁随意歇脚的挑水挑粪的乡下人,他们放下担子,随意坐在路边土塄上,熟练地从腰包里掏出火柴,打出几簇火苗,点旺一杆老斗烟,绿田里豆苗香的风一阵阵吹过来,吹散了他们的烟圈,也吹散了他们眉额间的汗渍。

他们用最诚挚的方式和你寒暄:

"走哪里去?"

"赶场。"

"去我家坐一下?"

"好的,哪哈(有空了)再来。"

然后回头看一眼彼此远去的背影。那种惬意劲

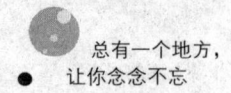
总有一个地方，
让你念念不忘

儿，是城市里找不到的。

耕种是辛苦的，收获却伴随着快乐。老人和小孩都保留着放牛的传统。小孩子们放学回家，都争着去放牛，因为那段时光是他们最快乐、最自由的。出门后，几个小伙伴会选择一处好地方，围在一起玩着属于他们的游戏。有的孩子更调皮，干脆把牛系在树上，就都光着脚丫下沟里捉螃蟹去了，一玩就是一天。那种最无邪的美，并不是得到父母物质上多大的褒奖。我想，你的生活若有人分享，快乐就会变得容易许多。

他们的心里，常常做着让子女生活得更好的梦，也正是如此，就免不了因为工资的计算方式和老板斤斤计较；就免不了因为土地和房屋的征占及分配问题导致内亲外戚之间闹得不欢而散；就免不了因为自己的目光短浅和受教育程度不高而做出一些让人无法理解的事。但是，他们的意识并没有因为这些外来因素而泯灭。这里的仇恨不长久，这里的故事不虚构。再神秘、阴暗的仇恨，也会被时间和环境所同化；再简单、纯粹的故事，也会通过代代相传的方式被记录下来。

我倚暖了石栏上的青苔，青苔凉透了我的心坎。生活在农村，大概就是这种感觉吧！在这里，至少你肯花时间安静思考，可以见到许多最真诚的笑容。在这儿，心是安稳的。困了，倦了，你敢向青天宣泄，你敢向云棉诉说，没有人非议，没有人阻拦。

我们应当回向自然的单纯，离却一切俗世的外扰；回向内心的自由，离却空虚的娱乐；回向单纯的欢欣，离却一切极端懈弛或紧绷；回向郑重的自我实现，离却虚荣的名缰利锁。我们寻求灵魂安顿，不困于己，不困于心，不困于自然。

墨泼的山形，一块一块地咬缺了晴空。它们一生都在那儿，比试着孤独的分量，但当我们走近，它们又活泼了起来。

想起了徐志摩的诗作，无数为生活劳碌奔波的人，都会在心房装下这样一座后院：

墨泼的山形，衬出几分轻柔暝色，七分桔绿，三分鹅黄，仿佛天空中的星粒羞涩地收敛着它们泄露的光芒，窥视着人间的一切。

总有一个地方，
让你念念不忘

谁知道我这思乡的隐忧？也不想别的，我只要在那没遮拦的田野里，独自倚在青草中，看天边的第一颗星星出现。

让你舍舍不去 总有一个地方

乡下的生活

从半山腰的家门走出去,上山下山,或者只是静静地蹲在沟边,听着水流声,也是很有趣的。如果到了果子成熟的季节,整座山都会热闹起来。各种果树上结满了果实,它们把阳光和雨露酿成了甜蜜,自豪地压弯了枝头。路过的行人,只要稍一伸手就能采到,尝尝鲜味，个子高的人甚至一张嘴就能吃到果子。

乡下的果子，我们一般就直接放进嘴里吃，"不干不净，吃了没病"。它的鲜味足够让我们陶醉好一阵子。摘果子的行人要是被主人家发现了，会被他们盯着看一会儿，然后对你说："摘吧，别踩坏土里的秧子就行，从树上摔下来我可不管的。"

阳光是暖和的，风儿是温驯的，天空相当明净，我们的双脚踩在热情饱满的土地上。温驯的风，从远处飘来，混着泥土的幽香，连着水汽，轻抚着你的脸面，要是不远处有人家正在做饭炒菜，风里还会裹挟着菜肴的香味呢。

站在一椽老屋门口的泥土地上，望着对面连绵的山峦，秀美的风景随即展现在你的眼前。我年少时的梦，常以此为景，我站在埂子边上，双足腾空，朝着山那边飞去。身后的土地，正有麦苗或玉米秧攒足劲儿往上顶，要是等它们长到齐腰高时，约几个伙伴一起在地里捉迷藏。

我们仰卧着，和伙伴们一起聊学校里的趣事。阳光的暖、小草的绿和天空的颜色，会唤起我们的童稚。几个人开始轮流表演节目，或是信口唱歌，当唱得兴起时，突然忘记了曲调或者歌词，必定会引来捧腹大笑，然后又不得不学猫狗叫。

几个放牛的孩子，围坐在山间的一块草地上，一起玩着游戏，等到游戏结束时，牛早就跑到远处去了，孩子们便不得不漫山遍野地追赶着牛。回家的时候，再牵着牛去沟里喝水。那清澈到底的沟水很少波动，牛儿俯下身去喝上一口，那叫一个甘甜。

作客乡村，不妨用自己疲惫的身心去领略自由的空气。在这里，你什么都敢想，什么都可以不想。有烦恼时，可以尽情地向云棉诉说，或者参与到人们的队伍中去，装一个农夫，扮一个牧童，摇曳着一束收获季节时的蓬草。找几个早栽的玉米，煮上一锅，味道尤其特别。等到地里的玉米和土豆成熟时，那些调皮捣蛋的孩子们便要约出去游山玩水。或许他们身上没有带一分钱财，但是只要带上打火机，就能解决一切。肚子饿了，便找一处隐蔽的地方，一队人分成几拨，分别负责拣木柴、生火、掰玉米或土豆，烧出来的食物比家里要多几分味道。等到食物吃尽，其中一个伙伴便悄悄地抓一把炭灰，趁谁不注意时一把抹在他的脸上，几分钟后，一行人都变成了黑熊模样。

尽管穿上一双轻便的鞋，不管新旧，不管模样是否丑陋，它总会无言地承受你的体重，让你在丛林里穿梭，在山陵上自由攀缘，或者从光滑的大石板上滑下去。不必浓妆艳抹，不必整理服饰，更不必着西装系领带，不如让你的身心舒服几天。

城市里的上班族，每天无非就是按时按点上班下班，拥挤的公交或地铁让你根本无暇思考，拘束永远跟随着我们。快速繁忙的生活，致使我们长时间地忧虑于薪水、奖金、福利、职称，若是卡里的存款羞于见人时，恐怕都不好意思回家。

但在这秀美的乡下，当我们独自信步时，才会领略到自由自在是多么珍贵。我们每年长一岁，身上的负担和枷锁就加重一环，双脚间的链子就会越来越紧。生活和家庭使得我们不敢迈出自由的步伐，甚至还要放弃

总有一个地方,
让你念念不忘

自己的爱好和梦想。看见小孩子们嬉戏追逐,我们可能会上前喝止,但何尝不想像他们一样打滚作乐,放肆一下自己的灵魂呢?身上的枷,脚下的链,永远都在禁锢着我们的自由,等到我们只身扑入自然的怀抱,才知道活着的快乐是什么,灵魂的愉悦是什么。

山水,本身就是伟大思想的根源。书里的知识、社会上的知识和山水间的知识是三种不同的知识体系:书上的文字是人人都可以去读的;社会上的知识也可在生活中一点一点地学到;唯独风籁中、云彩里、起伏山峦里的自然密码,它的每一页字句里都藏着深奥的思想。

在回忆中,夕阳逐渐西下,远处人家的灯光接续着我的遐想,各样的景色和青春童年都一一驰去了,身体的周围,只有无穷无尽的孤独和窗外的黄昏环绕。无名的思想徐徐幻化出几处随意的云棉,我在焦虑和紧张中睡去,做了一个长长的梦。毕竟天亮了,太阳还是会照常升起。

总有一个地方
让你念念不忘

渴望外面的世界

从小我就渴慕外面的世界,早早地就在我的心里勾勒出大城市的模样。

人们习惯把自己的出生地称作"老家"。对于老家,人们的回忆向来都是美好的,很少在外人面前诋毁老家,即便老家变得物是人非,也只是生出一副扼腕叹息的模样。

我的故乡，是地道的农村。故乡的周围，也是地道的农村。距我们村十多公里外便是县城。我们村住着几十户人家，我家周围有十多户，与别人家间隔几百米的距离。这十多户的位置原来属于两个村庄的交界处，前几年由"阁丫村"划给了另外的村。后来有一年，叔叔说这里重新划区了，两个村庄现在合并了。

我没有考证过"阁丫"这个地名，好几次从县城坐车回来时，看到有的班车玻璃上写的是"阁丫"，有的却写着"阁雅"二字。前者颇有乡野活泼的味道，后者就显得文绉绉的了。

村里向来很平静，除非是哪家嫁女儿、娶媳妇儿、过大寿，或者是剃头、搬家、给儿子办状元酒，才会热闹些。村里人最热闹的去处便是几里之外的集镇，但其实也只是一个比我们多些住户的镇而已。几十家小小的店铺，排在宽不足五米的街道周围，街道很短，走不了几步就结束了。平常日子，跟别处的街道没有什么不同，一到赶场天，整条街道就活泛

总有一个地方，
让你念念不忘

起来。一大早，一些做买卖的生意人就陆续赶来，附近的农民也从家里挑着自家种的蔬菜水果出发了。

我们村里的大人孩子，平时没什么地方可去，除了去别人家串串门，最多也就是逢年过节时走走亲戚。所以，赶场成了大家生活的一部分，就连老人也会趁此机会走出去乐呵乐呵。

逢赶场天，公鸡叫过几声，赶早集的人们就起床了，草草地热上一碗饭，穿上干净的衣服，女人们还会画上淡淡的妆，约上几个姐妹，或者会带上自己的孩子。

跟着大人出去的孩子，多半能买到自己心仪的物品。大人们买完生活必需品，常会顺带买一些糖果饼干，带给家里的孩子。

老人们一般赶的是早集。他们拄着拐杖，背着竹箩，要么去买一些生活用品，要么背着自家种的水果去卖。也有老人要等到中午才去摆摊。

去赶场一般要走大半个小时的路，老人们走得慢，要走一个多小时。一路上常常会遇见熟人，说说笑笑，结伴同行，不久就到了。赶完场回家时，背上的竹箩塞满了东西。

人们为了方便,在赶场的路上每隔五十米的距离设一个石坎,专门给路上背东西的人歇脚用。还没修路的时候,村里的煤炭必须要去阁丫买,然后再请几个人背回来,所以常常能看到背煤的伙计坐在石坎上歇脚。

狭窄的街道上挤满了人,吆喝声、叫卖声、呐喊声混成一片。放晴的天气,是赶场的好日子,人多的时候,移动几步都很困难。若逢雨雪天气,每个人的腿上就溅满了泥浆。那些售卖商品的小贩,理发的老爷爷,炒爆米花的师傅,修鞋纳底的妇女,无论什么天气什么季节,都会赶到这里,操持着他们的营生。

如今村里的人再也不会羡慕谁常去县城赶场了,转而羡慕那些有车有房、生活无忧的人了,对于幸福的定义常常是用有钱和当官来衡量。

现在买东西也用不着走很远的路了,然而买东西的快乐却远不及以前赶场时的快乐。快乐的差距,大概是那一去不复返的岁月吧。

总有一个地方 让你念念不忘

灰色印象

二十岁之前，我一直不敢回忆这段往事，更不会在别人的面前道及一二。但长大后却觉得这件事其实也不是什么不能说的家丑，现在我只想把我的心里话说出来，这样好受一些。人间的诸多事情，岂能是对错就能判定的？何况是父母与子女之间的关系。

总有一个地方，
让你念念不忘

　　不知是什么原因，或许是因为父亲吃喝嫖赌，或许是因为父亲常和母亲吵架，或许是因为家里债台高筑，母亲过够了这样的生活，她才抛弃我们的。

　　我终究是在没有母爱的环境下成年了。她离开家的时候我十六岁。六年前她走得义无反顾，到现在我都没弄明白她到底是怎么想的。或许爱得越深的人，决绝时总是最狠的。

　　这几年来，母亲好像不曾想过要联系我们，我们也无从联系到她。好不容易从别处要到了她的号码，通话过程也是极为不悦的，直到后来，电话也打不通了。

　　当初母亲离开我们的时候没有一点儿先兆。她最后一次看我时，我还在学校上高二，老师叫我："刘应，你妈妈找你。"我才发现，原来从窗户边走过的妇女是我的母亲。

　　她见到我，有些高兴，也有些失落。至于我们说了什么，我也已经忘却了。她化了妆，穿着裙子，塞给我三百块钱。我接过钱后，红着脸就进教室去了。看着她缓缓地从窗边走过时，我并没有察觉到有什么异常。

回家后我才知道，母亲是被父亲"抓"回来的。父亲只身一人寻去外地，把母亲带了回来，结果却打了一架。难怪那天她来看我的时候，化了浓妆以遮掩她脸上的淤痕。

大伯给她四百块钱，叫她拿给我做生活费，顺便拉近她和我的关系。她给了我三百，留了一百，作为"逃走"之用。她果真是"逃"了，而且再也没有回来。

母亲走了之后，我家的日子就更苦了，好不容易在路边建起一间屋子，后来被逼债的抵押出去了，于是我们跟着奶奶住在一起。

父亲很少回家，连过年回来都不敢多住一天，我看见他常常站在虚掩的门后警惕地往外看，担心追债的人找上门来，过完年后又外出打工了。

高三的一个晚自习，表嫂打电话通知我，说："你母亲回来了。"

我高兴地问："她现在在哪里呢？"

总有一个地方，
让你念念不忘

"在我们这里，你大伯正在给她安排。你要不要和她通话？"

我当时竟着了魔似的说："不必了吧。"

大伯是在街上和母亲相遇的，便把她叫回家来。他给母亲安排了生活，让她回家养猪，他出钱，母亲出力，可以不和父亲在一起，但是不能丢弃三个孩子。

母亲答应了，表哥开车送她下来，并对她说："五舅娘，脚长在你的身上，你要想走，我们拦不住你，但是三个孩子你不能丢下。"

那天晚上，她还和奶奶睡在一块。第二天一早，母亲去了弟弟打工的地方，弟弟给了她两百块钱，她又走了。

后来我听奶奶讲，母亲嫁给了同乡的一个仅大我十岁的男人。他在福建打工，家庭条件极差，大伯开车去他家暗访的时候，车只能停在山脚下。母亲跟着那个男人在砖厂做工，据说还在做工中流产了一次。

有那么几年，我常常一个人乱想：我到底是怎么走过来的？一个母亲不爱自己的儿女，是多么不可思议的事!

时间久了,我也就渐渐放下了。我从不觉得母亲不爱我们,尽管她抛弃家庭这件事已经成了村里人茶余饭后的谈资和笑料。她心里一定有难言的苦衷,她肯定是想过要回来的,而且四处的流言和道德的指责更使得她不敢回来。

印象中的母亲,越来越模糊。母亲是个爱干净的女人,从前,她常常把家里收拾得很整洁。我知道,父亲是爱她的,即便家里很穷的时候,父亲也从没要求她像别的女人那样出去打工赚钱。

她算是比较开明的人,我们从小有什么想法都会跟她交流。我们考砸了,她也像别的父母一样伤心和无奈地骂我们。小时候我并不懂得这骂中藏着的爱是多么奢侈,不敢多要一分,现在却成了一种长久的渴念了。

父亲爱喝酒,而且经常赌博。我一直以为我和他没有多深的感情,小时候甚至以为他是不爱我们的,他那喝完酒、输完钱之后狰狞的面孔让我们毛骨悚然,直

总有一个地方,
让你念念不忘

到母亲走了,我才恍然明白父亲爱我们爱得如此深沉。

父亲越是无言,越是用他独特的方式爱着我们,我们想念母亲,但在外人面前从不显露出来,即便是我和弟弟妹妹之间也很少聊这种话题。我们都希望,只要母亲回来,一切旧事不提,大家既往不咎。

其实我是从不写母亲的,就连"妈妈"这两个字也很少在别人面前说,别人说到这两个字时,我的身上仿佛被冷冷的箭刺穿了一样。

但往事还得面对,一个人不愿回忆,并不代表已经忘干净了。每次刚要提笔,那些回忆就裹着凉风袭来,让我踉踉跄跄,不敢往下想。若我不写,我害怕母亲的种种可能会在印象中一点一点被爱与恨抹灭。

我一直认为,父母对于孩子都有一种出于天性的牺牲之爱。

鲁迅说过:"例如一个村妇哺乳婴儿的时候,决不想到自己正在施恩;一个农夫娶妻的时候,也决不以为将要放债。只是有了子女,即天然相爱,愿他生存；更进一步的，便还要愿他比自己更好，就是进化。"

这种离绝了交换关系和利害关系的爱，便是人伦的索子。我相信，母亲对我们的爱，也同样是天然的、真正的、无苛求的母爱。

总有一个地方 让你念念不忘

这一辈

父辈的人在黑暗中一直摸索,试图让家族的人扬眉吐气。但他们那辈人大多数以庄稼为营生,是朴实而又可爱的农民群体,靠种地操持着一家人的生活,虽不富裕也无盈余,但基本能解决温饱问题。

到了我们这一辈,种地已经不是唯一赚钱的途径

总有一个地方，
让你念念不忘

了。村里这一辈的青年，要想从垄沟里爬出来，还得从教育上着手。当年那群漫山遍野奔跑的孩童，如今已经长大，大部分人上完初中后觉得自己不是读书的料，也不想浪费父母的血汗钱，便早早地出门闯荡，外出打工了，希望有朝一日衣锦还乡。但其实在外漂泊，吃的苦又有多少人知道。

早年就出去打拼的人，总是显得比同龄人更成熟些。等到把愚勇熬成坚强，褪去稚嫩，有了一点存款，便找个姑娘，带回家来，谈婚论嫁生孩子，再继续出去打拼。打工人的生活模式如出一辙。

去年我回老家时，听说谭家的大儿子在别处抢劫，被抓进了监狱；谭家的另一个本家的大儿子，挪用公款，日赌夜赌，钱输光了，人也进了监狱。也有些青年发展得比较成功，立志出去赚钱，衣不光鲜誓不还，在大城市买了房子，打算把村里的二老接过去。

恐怕没有不希望子女过得好的父母。很多父母花了半辈子的时间起早贪黑、节衣缩食，甚至忍气吞声、不苟言笑，不仅是为了争取一个充盈的老年生活而积累资财,更是为了给自己的下一代而辛苦铺路。但他们往往忽略了最重要的一点,正是因为他们忙于奔波、累积财富,而忽略了对儿女的亲子教育,甚至把他们托付给老一辈来抚养,误以为孩子们长大后自然会顺理成章地自理、懂事、成熟。殊不知,很多孩子身上的不少缺点都是源于父母的过失教育。

日子原本该是朴素无华的,是时间左右了我们太多的青春,才给了我们闯荡江湖的勇气,给了我们踏遍山河的决心。

总有一个地方 让你念念不忘

五十岁的思索

这篇文章,我是以一位我敬佩的长辈的视角写的。可能他这五十年来的故事让别人来写会更客观一些,可能他这五十年来的酸甜苦辣让别人替自己说出来心里会更舒服一些。

总有一个地方，
让你念念不忘

前三十年，我像一个正常男人一样过着我该过的生活：上大学，谈恋爱，结婚，生子。接下来的十年我却在监狱里度过，仿佛我的生命一下子就从三十岁跳到了四十岁，从青年直接过渡到了壮年。我不断地思考：这十年来我究竟过的是一种什么样的人生？

我清楚地记得我出狱回家的那个晚上，街坊邻居们为我欢呼、庆祝到大半夜，几个兄弟家的灯火亮了整个通宵。弟弟的儿子躲在门后一角，显然没有见过我这个生疏的家人，在大人的教导下怯怯地叫我大伯。

而在我入狱前，父母以为我有了工作就不会在意他们那几十平米的房子、几亩田地，所以分家的时候完全没有考虑我。房子、土地、树木、家具，我什么都没有。

我不想去猜测邻居们为我欢呼、庆祝是出于什么样的心态。看热闹？又或者是打心底迎接我的到来？这十年来，我在监狱里面看过太多的生离死别，亲眼见到和我同住一间牢房的狱友被判决死刑时的绝望，看到年轻的寡妇带着儿女离开时不肯回头的哀愁，看到白发苍苍的老人抹泪的嘱托……十年的时间，对我来说不只是简单的十年。对于众生的种种世相，我都看得透透彻彻。

那天来的全是村里跟我年纪相仿的朋友。如今，其中的有些人已经因意外离世，有些人已去外地谋生，有些人到了三四十岁还是光棍，有些人却早早地抱上了孙子。

吃饱喝足后，人们都围在桌子边等我讲述监狱里的生活，企图从我身上寻找一些乐趣，把我作为他们茶余饭后的谈资，又或者是想了解我的经历，回去告诫某些男人千万不能学我，以免走上犯罪之道。我借着酒意，把我在监狱里度过的十年像讲故事一样从头到尾讲了一遍。

出狱后的最初几年，我找不到工作，找不到去路，也居无定所。女儿不愿意跟我一起生活，常住在外婆家。妻子还在监狱里，父母的身体也大不如前了。忽然间，我觉得什么都找不到了，什么都没有了。

母亲建议我去当中学语文老师，但我没去，当时

觉得教师待遇太低，我又是一个经历不干净的人，怕给学生们带来负面影响。

就这样，我虚度了好几年，一直都在外面跑来跑去，却也碌碌无为。各种生意都有接触，却一样正经生意都没做成。

几个兄弟为他们的孩子读初中而陆续搬到了城里，母亲为了让我也从老家搬到兄弟们的家里，表面上是帮他们带孙子，实则是为了让我在城里有个去处。我花了将近四五年的时间为大姐家的生意东奔西跑，在我看来也算是我能够报答大姐十年来对我女儿的照顾。

像史铁生一样，无论什么天气、时间、场合，我都不止一次地考虑过这些问题：我为什么要出生？为什么要在我分配工作后又突然让我的妻子剥夺掉它？为什么我走上了犯罪的道路？……我一连几个小时想过死的问题。死了就都解脱了，可以什么都不用去想了。可是如果我就这样走了，如何对得起母亲和女儿？

回想起前三十年的光阴，我过得有多么坎坷。家里负担重，父亲不管事，母亲一个人养活六个孩子。孩子们的年龄差距都很大，我大姐的女儿只比我妹妹小几岁。在我前面出生的几个哥哥，因饥饿、疾病和意外事故均在几岁的时候离开了人世，我成了男孩子中最大的一个，整个家族把所有的希望都寄托在了我的身上。

从上初中开始，我就离家求学，上高中的时候环境更为简陋，我住在亲戚家土楼里的用木条编制的垫有玉米叶的"床"上。母亲一星期给我送一回伙食，见我日渐消瘦、少言寡语，问我是不是吃得不好、住得不好。

毕竟是寄人篱下，我也不敢向母亲道及我的遭遇。我每天睡在玉米叶上面，夜晚时叶子里的虫子爬到我的耳朵里，疼得我直叫，楼下的亲戚被吵醒了就开口大骂。后来不知母亲从何得知这些情况，才给我重新在另一个亲戚家找了一个住处。

我第一年高考的时候，以为自己落榜了，后来才得

知我是被别人顶替了。人家拿着通知书上了大学，我却复读了一年。城里托人来通知我被录取的时候，我正在地里种庄稼。

我上的大学是本地的一所师专，那时我认识了一个大我两岁的同学，也就是我后来的妻子。毕业后没多久我们就结婚了，我被分配在了家乡临县的政府工作。那一年，我不到二十岁。婚后的生活还算可以，我们有了一个可爱的女儿。

上任没几年，我就被提拔到了统战部。可能因为当时太年轻太无知，妻子利用我的职权之便做毒品生意我都没有察觉，直到我被关进监狱的那天，才知道贩卖毒品造成的危害是多么巨大。我本以为我的一生就此结束了，却没想到老天还在眷念我，由于我们在狱里不错的表现，我的刑期由十五年减到了十年，妻子则由无期徒刑改判为十五年。

一转眼，一辈子我已经过了一半。这种转变有时候看起来是多么的不可思议，就像一个二十岁的青年突然知道自己即将成家立业时的状态，心性和思维方式立马从孩子变成了大人。

这几十年来,我看得最多的无非是亲情和金钱名利的考量。有的人总是穷困潦倒,愁眉苦脸,长吁短叹,终日为衣食奔波,即使不愁吃穿,也终日忙忙碌碌,困于名缰利锁,到死也不明白这一辈子到底为何而活。

芸芸众生皆是如此,我自己也在芸芸众生之列,也难免过得浑浑噩噩。人们追求的东西从根本上来说其实都一样:生活,其实就是生出来、活下去。只不过,我与他们不同的是,我用了十年的时间来思考这个问题,这并不是个一次性就能想通的问题,恐怕到今天我都没想明白,可能我活多久这个问题就会伴随我多久。也许等到死神真正来临时,我才会清楚地想明白。

就像监狱里的一些事情,你是无法凭个人之力能左右的。譬如清晨阳光从小窗照射进来的时候,地上的坑坑洼洼也会被同样地照射;譬如每天早晨听到的警笛声和鸟叫声,都是有规律的;譬如早中晚吃什么样的饭、什么时候去吃,都是规定好的;譬如有亲属来探

总有一个地方，
让你念念不忘

望的时候，总会有人猜测是谁的亲属、会是谁来、距离上一次见面又有多长时间了；譬如那些屋内的摆设，你失望的时候它们就待在那儿，你高兴的时候它们依然待在那儿；譬如晴天该发什么衣服给你穿、冷天该发什么棉被给你盖，都是统一的……

这十年里，我在监狱里见过偷盗的、强奸的、杀人的、贩毒的、吸毒的、放火的、贪污的，他们有的判得比我长，有的住不了多久就被拉出去枪决了，有的关了三五年就出狱了。我虽然被判了十五年（后来减刑为十年），但我在监狱里面的"待遇"还是跟他们有点不一样。

我是知识分子，狱警便让我在监狱里面教那些囚犯们读书识字。其中一些比较顽固的囚犯在我的开导下也改头换面了，他们努力地表现，并获得减刑提早出狱。我也趁着无聊的间隙写了一首首诗，这十年中我花了很多的精力和时间投入其中，也让我明白自己并不是一无是处。

可是出狱后我才发现，这几十年来我一直在不断地为我的母亲出难题。母亲是一个明智的人，并不是那种只知道一味疼爱却不知道如何管教孩子的人。她虽然从没上过学，但是这几十年来含辛茹苦地把几个孩子拉扯大，早就把社会这所"大学"的课程修读完了。

我原以为母亲知道我因贩毒而入狱时已经对我彻底绝望了，但她并没有放弃这个她培养了十几年的、几乎倾注了所有心血的儿子。她坚持间隔一段时间来一趟监狱，即便是后来次数少了，她也会向我解释因为家里哪些事情耽搁了，每次来总要从家里拮据的经费里匀出一笔钱给我，实在来不了的时候就托人带来。她无言地帮我准备着一切，留意着我胖了还是瘦了、白了还是黑了、病了还是老了。

她到底是怎样熬过来的？当年我不曾想过这个问题。有一回母亲来看我的时候，刚好入冬，我看见她坐在椅子上面直哆嗦，她脚上的两只布鞋已经磨破了，我便问她："妈，怎么不买一双新的？"她努力地把身子转过去，侧对着我，把头深深地低下去，沉思了一会儿，又缓缓地抬起头说："最近几个弟弟要上学、工

作,光是送大弟去城里当保安就花了四千块钱学费,几个弟弟还要上学,二弟没有读书了,留在家里帮忙。我们是把家里的粮食全卖了才凑够这四千块的。"她接着又说:"家里一切都好,你爸的身体也挺好的,你放心,在里面好好改造。"我看她把手抬起来,想要继续说下去,却始终没有说。

在我服刑的十年里,母亲从来没有告诉我其实她很多次去看我都是走路去的。后来我出狱后和她谈起我的经历时,她才告诉我这件事。我当时是在省城的监狱服刑,而我的家乡是省城边儿上的一个小县城,即便现在通了高速,来回开车都要两三个小时才能到。而母亲每次去探望我时,早上五六点就得从家里出发,走到下午才能见到我,探望我之后依旧走回去。

现在回想起来,我年轻时候的狂妄和骄傲给母亲带来了很大的考验,她一个人在这条路上独自体尝生活的苦。我想她一定是做过最坏的打算,但她从来没有在探望我的时候表现出来。那时候我还没有从人生的低谷中走出来,但她没有放弃我,因为她知道,这条路的终点始终有一个人是她的牵挂。

因为母亲，我常感恩生命，愿我在有生之年能够为她做些事情，可是现实却常常事与愿违。出狱后我不但没有任何资金，还时不时地得靠母亲资助。她见我摸出兜来没钱的时候，就偷偷地塞给我一两百。女儿考上大学以后，我才意识到这个世界上除了母亲之外我还有亲人，即便女儿到现在也不愿意认我这个父亲。她上大学期间，无论我过得多么落魄、手头多么拮据，我也会想方设法地向朋友、兄弟甚至银行借钱，给她汇去学费和生活费。幸好，皇天不负苦心人，老天也眷恋我这个不孝子，女儿顺利毕业后便回乡教书，嫁给了一位老实人，总算了却了我多年来的担忧。

此后我便孤身一人。母亲催促我考虑一下自己的家庭，四十出头的男人了，是该履行我这一家族分支"延续香火"的使命了。前妻还有几年才能出来，到时候两人都老了，再说我也恨她剥夺了我的一切，复合是基本不可能的。这几年来我做过各种各样的工

作,却始终没有赚到一分钱,到头来还欠了银行和高利贷一笔不小的债务。

母亲看着很是着急,便问我:"你这几年来一直在外面做什么?"我随口答:"妈,我做的工作跟你讲你也不懂。"随后她便不再问了,只是年纪大了以后时常在我耳边唠叨,身体也大不如前,每次我回去便尽可能地给她买点药和补品。

去外地跑业务的时候,无意中我结识到了除母亲之外我生命中最重要的一个女人——我的第二任妻子。她也是一个离异之人,比我小十岁,不太识字,有一个女儿跟她的爷爷奶奶住在一起。由于在监狱里面待了十年,我或许更渴望得到爱情,我对她即是一见倾心。后来我们见过几次面后,我便带着她回到家里。母亲虽然一直听不惯外地口音,但见她乖巧勤快,还是默认了。

没过几年我们便有了两个孩子,一个儿子和一个女儿,我似乎也完成了延续家族香火的使命。只可惜我们的感情由于我的不思进取和我对孩子极少的关爱而瓦解破裂了，现在她也带着孩子们离我而去了。

当初我们并没有去民政局领证，到头来我也没有给过她任何名分，不过父亲过世的时候，我在他的墓碑的落款上写上了我的两任妻子和所有孩子的名字。

我想，如果硬要说我这五十年来的遗憾，那肯定是对母亲和这个家庭深深的歉意。虽然我未来的生命长度不得而知，不过接下来的每一天，我都会怀着感恩生命的心态去对待身边的每一个人和每一件事，不再让自己碌碌无为。

总有一个地方
让你念念不忘

灯 光

让异乡人怀念的,是夜晚时故乡那几十瓦的灯光。

我的家乡是一个小村庄。十几户人家,疏落在山腰山脚,相互隔得不太远。每天村民们从田里汗淋淋地回来,吃完晚饭,一家人闲聊几句家常,看看电视,洗洗脚,就早早地入睡了。

农村人睡得比较早,灯光没有城市的多,也没有城市的亮,哪家的灯泡用多少瓦,哪家的灯什么时候灭,基本都差不多。要是哪家整夜灯火通明,不是红白喜事,就是夫妻吵架,或者是一家人围坐在一起打麻将、玩扑克。

夏天,村里的灯光是最美的。早晨还不到六点,有的人家灯就亮了,准是哪家孩子上学起得早,自己草草地弄点吃的,小声地怕惊扰了父母,然后背着母亲纺的布袋书包,屁颠屁颠地和小伙伴们成群结队去上课了。这个时候,月光还没有散去,山边还露着些微光,路上撒满了银色。求学的路,他们应该是看得见的。

黄昏,夜将近未近,那群上学的孩子从山里面放牛回来,趴在土地上搂抱大地的温软,然后盯着十几户人家,看谁家的灯是最先亮起来的;或者是躺在土地上,头枕着双手,等着天边的第一颗星星出现;或者背着书包一起写作业,牛吃完草,作业也差不多写完了;或者拿出写满古诗和数学公式的小纸条背诵;又或者是满山遍地去找时令水果,比谁跑得快、摘得多……夜色无比柔美。

冬天，村庄的灯光是亮得最早的，一家人坐在炉子边，把火烧得旺旺的。孩子趴在火炉盘上写作业；母亲坐在火炉边织毛衣、帽子、手套；父亲时不时抽根烟，忧虑着庄稼的收成和未结算的工资；爷爷坐在长凳上，一边抽着烟斗，一边搓手烤火，拐杖就放在长凳旁边；奶奶则是烧菜做饭。一家人时不时地相觑一笑。

有一次家里的灯光突然熄了，爷爷本来就只有一只眼睛是健康的，灯一熄，他顿时变得手足无措。

或许，这应该是我见过的最美的光：火光映在孩子们稚嫩的脸上，母亲眼里的对孩子赞许的目光，父亲吮吸最后一口烟时烟头发出的光，爷爷烟斗里烟叶燃烧的光，奶奶切菜刀背上反射出的光，以及屋里那不太亮的灯光，一起被记录在回忆里，构成了一幅最唯美的画面。

几十瓦的灯，照亮了游子们在外摸索的路。

总有一个地方

让你会会不去

老屋祭

人世间最大的遗憾，莫过于睹物思人。

故乡有两栋老屋，相隔不过数米。一栋是三进院的平房，大概有三四十年了；另外一栋则是土墙结构的简易瓦房，只不过部分墙面被一场大雨冲垮了，后来用砖块砌补了起来，楼顶的水泥瓦已经滑掉了几片，跌落在墙角，这几年没人打理，更是一派荒凉。

虽然还有那栋平房，但小时候在平房里住的时间不长，自然情感不深。还是那栋不知道屹立了多少年的土墙老屋有趣些。

这栋老屋存在了多少年，我也不是很清楚，只知道父亲出生的时候它就已经在那里了，一直矗立到现在，不知道还能存在多久。

经过几十年的风雨，老屋也不得不这里修修那里补补。老屋内两米高的地方用细竹子编了一层竹架，用于堆放粮食和杂物，粮食收割到家后，便在竹架下面生一个炉子，把竹架上的粮食烤干，便于粮食长久保存。

竹楼也是我们小时候最喜欢的乐园，小伙伴们喜欢在这里上蹿下跳躲猫猫，在玉米叶上面睡觉。

老屋墙上都贴满了多年前孩子们用过的作业纸和书本纸，窗户是用半透明塑料纸订上的，再添上几件不知存放了多久的家家户户都差不多一样的旧家具，爷爷也算是在贫瘠之中给我们造出一个简单独特的书房。

村里大多人姓刘,后来死的死、搬的搬,现在也就剩下一些不想走和走不了的老人们。

以前,家家户户都有一间堂屋,专门用来摆放祖宗牌位或祭祀拜神,堂屋两边是厢房。现在,老屋已经被几十年的风雨侵蚀得不成样子,顶上的泥瓦掉了很多,堂屋前的水泥缝里长出了杂草,空地处星星点点地缀着家畜粪便。

不过,老屋的骨骼还在,依然清晰。

人的记忆真是奇特。好几十年过去了,这间屋子的一切细枝末节竟然都贮积在记忆最底层。幼年时在门上、墙上刻画、涂抹的痕迹依然历历在目;小时候玩泥巴时手掌在木头上来回擦抹;院坝里那些被我们玩得没了棱角的小石子;堂屋前面用粉笔画来玩耍的格子……多年以后想起这些,记忆里便会开出花来。

堂屋左边是卧房,右边是厨房,爷爷在厨房里砌了一个灶。爷爷是一个一辈子和火打交道的人,村里操办酒席时一般都是由他和别的老人一起来掌握火候。灶火平时用来生火、烧水、烫食、喂猪喂牛,过

年的时候能派上大用场。

我们这里都有一个习俗,过年时每家都要自己准备豆腐、黄粑、豆豉之类的年货,没有火是不行的,火候掌握不好也是不行的。每年都是奶奶负责磨浆做酱,爷爷负责生火和守火。

一到过节的时候,很多人家的房顶上都会冒出很多烟雾,把星星和月亮都给遮住了。那个时候,煤炭是比较昂贵的,爷爷每年夏天都会去山里砍柴,再叫我和弟弟们把柴拖回家里。他老了之后,砍柴和拉柴的活儿就由我们负责了。

堂屋比两边要凹进去两米,中间留下一片空地,用来乘凉,头上有瓦片遮住,雨是进不来的。

夏天的时候,附近的孩子们都会搬着小凳子,坐在这里围着奶奶听故事、讲谜语,有时候听得入神,忘了吃晚饭,父母们就会过来叫回家去。每当此时,爷爷就一个人坐在一旁傻笑,拿出随身携带的烟斗吧嗒吧嗒抽起来。

冬天来了也无妨。通常在这个季节,爷爷就会在堂屋或空地上用晒干的玉米棒子搭起火来，然后一家人围在火边听奶奶讲故事，或者是听一听几个孙儿们在学校里的有趣故事，有的孩子也拿会出作业在旁边写。等到火快烧完意犹未尽的时候，爷爷就会从地窖把珍藏的红薯和白薯拿出来放在火堆里，过一会儿扒出来跟大家吃了起来。

寒冬季节，南方很难下一次雪，天气却尤为湿冷，感觉南方的零上几度顶得上北方的零下几度。极冷的时候，早上起来看见屋檐边上悬挂着参差不齐的冰柱，我们会想方设法取下来玩耍，要么含在嘴里舔一舔，要么伙伴之间拿它当作武器打斗，要么调皮地丢进生得很旺的柴火堆里，盯着火把冰彻底消融。

过年是我们在老屋度过的最快乐的一段时光。每当此时，爷爷总是要在各个门上贴上对联。农村人舍不得花钱买胶水，都是自己制作浆糊，用来贴对联。先在小锅里盛些凉水，撒上一把面粉，搅匀，放在小火上慢慢加热一会儿，就成型了。然后用高粱末梢做成的刷子沾上浆糊，往木门上一刷，就把春联贴上去了，效

总有一个地方，
让你念念不忘

果比买的胶水还要好，一年四季都不会掉下来。只不过时间一长，春联就会褪色，直至全部变成白色，但很快又是一个春节了。

爷爷奶奶每年总是会养一头过年猪，后来年纪大了就没再养了。我曾问过奶奶养猪的原因，奶奶的回答出乎我的意料。她说，不养过年猪的话，你们哪里肯和我们一起过年？

奶奶家的猪养得都很肥。过年爷爷杀猪后，都会给几个儿女家送去一块五六斤重的猪肉。剩下的一半猪肉会腌制成腊肉——腊肉是将猪肉放在灶火上烤红了挂起来再风干，来客人时就取下一块做给客人吃；另外一半就切成肉块，熬出油来，然后再一起封装在坛子里，村里面的人都称这种肉为坛子肉。

老屋虽破，却是我童年的幼儿园。我整天和几个弟弟、小伙伴们在楼上楼下玩得不可开交。

堂屋最里面的角落放着专门磨玉米或黄豆的石磨。将收割回来的玉米磨细后，再用细筛子筛，粗的用来喂养家禽，细的用来蒸苞谷饭。

最有趣的事情是敷墙，就像女人爱美敷面膜一样，爷爷也会时不时地美化一下老屋。每当这时，爷爷都会问我们有没有不要的课本或废纸，然后收罗出一大堆，用浆糊敷在墙上，一下午的时间，房间瞬间整洁了许多。晚上躺下时，或者平时做家务时，还能顺便阅读墙上的文字。有时还会从市集上买回一些透明的胶纸，封在窗户上。这些东西每年都要翻新一次，所以每年都能住出新感觉。

父亲和叔叔也是在这座老屋里长大的，那时一家八口都挤在这老屋里。

村民们一辈子也难得见到一个读书人，更无法想象一个能识文断字的女人。奶奶虽然没有上过学，却能识得文字，并且把老屋和家人安顿得妥妥当当。

几十年来，奶奶一直在这座老屋里重复着同样的动作。早起做饭，把干净的衣服摆到孩子们的枕边，等孩子们吃完饭就在堂屋门前一个一个目送他们去上学，然后和爷爷草草吃完早饭，下地干农活儿。中午回家给六个儿女做好饭，又继续做农活儿，直到晚上

总有一个地方，
让你念念不忘

孩子们全部回来，再帮他们洗晾衣服，第二天又在他们枕边摆好衣服……就这样日复一日，年复一年。几十年过去了，儿女们都长大了，却都向往着城市生活。经过几十年的折磨，老屋终究还是老了，恐怕再过些年，老屋就消失了。

让你念念不忘 总有一个地方

农村酒席

在农村长大的孩子，哪个没吃过农村酒席？

"吃酒"，在农村孩子的印象里几乎成为童年最司空见惯的开心事，酸菜和鲫鱼是他们记忆里必不可少的菜肴。可是，孩子们长大以后，尽管对吃的讲究大有其雅，想方设法地寻找各类美食，但是再也不易找到脑海中最独特的味道，于是才发现童年时吃的不是酒席，而是那个独特的氛围和热闹劲儿。

乡村有一种独特的习性：表面上似乎不相往来的邻里邻外，平日里见了面最多是出于礼貌而互相寒暄，可是一遇到红白事情，便不约而同地几乎把整个村落的共同情感聚集在一起，拧成一股民俗的粗绳，牵绊着整个乡村的喜怒哀乐。

在乡村见得最多的酒席，大多与喜事有关，很少有小孩子是不愿去吃酒的，就连老人们也不会放过这种凑热闹的机会。所以，无论是男人女人，还是老人孩子，都喜欢去凑凑热闹。

红白喜事，是社会交际的场合。男人借着吃酒的机会和亲朋好友们喝上两口，划上两拳，谈谈最近的生意，吐吐心中的烦恼，抱怨抱怨压力；女人们借着热闹赶热闹，这种难得的场合，三五个女人聚在一起拉拉家常，东家长西家短地闲聊，既热闹又新鲜；老人们则拄着拐杖，找一处长凳坐下，和他们年纪相仿的老人一起回忆故人和往事，至于是不是吃酒，和往

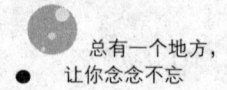

日没有什么不同；只有孩子，没有父母的管束，像脱缰的野马，到处乱窜，顺势尝一尝那些平日里吃不到的美味。

乡村里请人吃酒的形式很多，大到婚丧嫁娶，小到修窑盖房，都要摆席设宴。红白喜事，一定要办得有声有势，否则名声传出去，别人就会说三道四、评头论足。所以，无论是家底殷实的人，还是平日本就忙碌的人，在这种日子都要摆一摆排场，讲一讲面子，家族的恩怨暂时搁一搁，不约而同地团结起来，办得很是有模有样。

大事摆大宴，小事设小席，凡此种种，不一而足。

很多酒席与孩子有关，譬如满月酒、升学酒、剃头酒、结婚酒等；或者乔迁之喜，新屋落成，当然得请亲朋好友庆祝一下；有的为了除一除一年的霉运，也跟着办一办酒席。反正，请得了别人来吃酒的，必须是有由头的。

大多数的农村人，宁愿在家操办酒席，也不会花钱去城里找酒楼承包。操办一场酒席，看起来很简单,其实不易。

操办之前,必须得有一个整体规划,大概能请到多少亲朋好友,早就在他们心中计算好的。找人选好黄道吉日以后,就开始准备请客了。

送帖子、打电话、请人带话,都是农村人常用的方式。人数基本确定以后,主人家考虑到酒席的规模以及自己的面子,便去请当地远近闻名的大厨——不一定非得是拿厨师证的厨师,因为做这行靠的是口碑。

厨师根据主人家的要求开出菜单,主人家便根据菜单采购相应的食材,鱼和猪肉就成了其中必不可少的食物。无论是哪个厨师掌勺,有的菜肴是必不可少的,尽管都不是名贵佳肴,比如炸花生米、烧全鱼、酸菜豆汤。全鱼意味着年年有余,而花生米则是男人们的下酒必备。

农村的酒席不像城里的酒席。在城里,主人家只要选好了场地,交了钱,别的事便撒手不管;农村酒席上的大事小事都得自己亲力亲为,一家人根本忙不过来,所以除了请客之外,还得请人帮忙。遇上这种事

情,很多村民或者自发地,或者是受主人家的邀请,而过来帮忙。主人家平日里若是阴郁好斗,性格并非热情好客的,办酒席时便很少有人愿意前来。

食材采购好后,等到酒席的前一天,主人家会起个大早,在门口和几个来帮忙的大汉一起,用事先准备好的篷布、木头,搭起一个简易的大棚,当作临时厨房,在厨房内侧支起几个堆放食材和切菜的案板。

主人家会提前分配好工作:身强力壮的男人们负责搬桌子、长凳、碗碟、蒸笼、油桶、炉子;脚步轻灵的小伙子负责端盘上菜,分发餐前食物;刀工好的妇女协助厨师切菜、配菜;勤劳肯干的女人,围在一起擦洗碗碟、做饭盛饭;至于砌砖灶、烧火添柴这种脏活儿,就安排给一些稍微年长的老人。

一切准备就绪后,黄道吉日便来了。这天,全家人都会换上干净体面的衣裳,早早地把屋前屋后打扫干净,在门口最显眼的地方摆一张桌子和几张板凳,往桌上放一个大圆盘,里面盛些瓜子糖果,旁边摆上要回赠的礼物,然后去请事先就约好的在本地有点学问的朋友来记账。记账的朋友端正地坐在长凳一边,面前的桌上摆着记账的本子,长凳的另一边坐着收礼的人。此刻,其他人也都在驾轻就熟地做着自己分内的事情。

客人陆续到了,在主人家的接待和指引下,来到记账的地方登记他们所送的礼物大小和数量。客人先是上报名字,并说明自己的礼物,收礼人核对无误后,向记账人示意一下,登记完后,还有回赠,收礼人从桌上抽出两根烟送给客人。

不仅是操办酒席的人要讲究排场和面子,来吃酒的人也会讲究这些,平日常和土地打交道的农民们此时也会穿着光鲜的衣服来,妇女们浓妆艳抹、打扮精致,男人们也是西装革履,皮鞋都擦得油亮。

酒席没开始前,吃酒的人三五个聚成一群,便你一嘴我一舌地聊起来。并不是所有的亲朋好友都能在同一时间赶到的,所以酒席也要分着轮次来操办。只要客人到了一定的数量,就要开始第一轮的酒席。

一般来说,吃酒席的人都是大人,很少让孩子单

独参加的,也有的大人是带着孩子来的,但是孩子不能太大,否则是要被大家笑的。

十人一桌,围坐在八仙桌的周围。负责端菜的小伙子们先是往每张桌上铺一层薄桌布,然后陆续把碗筷、酒壶、杯子端上桌,上菜之前都会先摆放一些赠送食物,每人分发一个袋子,吃酒的人将这些赠送的食物装入袋子带回家,通常小孩子们都爱争抢那些好吃又份量大的食物。

上完赠送的食物以后,就开始上正菜。有的厨师炒菜的速度比较慢,围坐的人要等上好久才上另外一个菜,客人们会相互说说笑笑,只要新菜一上来,大家便争抢着夹菜,若是有人动作稍微慢点,菜就被抢光了;有的桌,孩子比较少,大人们又只顾着划拳喝酒,所以大家吃得很慢;有的桌,孩子很多,只要一上新菜,他们就无所顾忌地抢着夹菜,争着看谁的手快,不到几分钟就看核既尽、杯盘狼藉,所以,还没等压轴菜出场,孩子们就已经吃饱离开了。

压轴菜上完之后,第一轮的酒席就可以收场了,吃酒的人陆续离去，下一批吃酒的人陆续赶来。负责端盘的人会收起每张桌上的残羹，换上新桌布，摆好干净碗筷。客人人数一够，第二轮酒席便开始了……

乡村的宴席以水席为主，汤和菜交替上桌，冷热搭配得当，讲究十全席。所谓的"十全席"是指十大碗、十大盘。划拳的客人，扯着嗓子，涨红着脸，使劲儿地喊，手指都快伸到对方的眼鼻子底下，唾沫星子更是直接上了脸。

若有客人缺酒少饭的，站起来喊，端菜的人便会立即送过来；若有吃完的空盘，端菜的人也会顺带收回去。每个屋内都挤满了人，喊声、说笑声、划拳声、孩子的哭声，混成一片，就连附近的狗和猫也没有闲着，趁机在桌子底下窜来窜去，寻找人们丢掉的骨头和饭菜。

酒席上的酒不是市场上能买到的，都是主人家自己酿的酒，泡酒的食材又极为讲究。几轮过后，酒席吃完了。对于还没喝好的客人，主人家会辟个专场，上上桌，撑撑场面，再上一些下酒菜。通常主人家都会

把酒鬼级的客人请过来,能上桌的人个个都是远近闻名、所向披靡的划拳高手。这种场合多少有点擂台赛的意思,上桌的人都喜欢过过招,争个高低。

遇红白喜事随份子,是一种礼尚往来的传统。以前,大人孩子都盼着吃酒,送个五十块钱的红包,既能承担得起,又可以图个喜庆、热闹,但是现在有些地方攀比之风日盛,办酒的名目越来越多,酒席场面越来越大,本来很淳朴的民俗,却变成了一些人的精神负担。

总有一个地方 让你念念不忘

樱桃树

若是一个地方住久了、住习惯了,那么这个地方就可能会变成自己的第二故乡,尤其是惶惶离开之后,才猛然发觉原来自己早已习惯它的一切,就连跟故乡差异很大的饮食习惯,也不知不觉地渐渐接受了。以后从别处听到这个地方的消息时,就会立刻产生一种特别的熟悉感。就好比故乡同村的人，即便现在鲜有交涉，也会时不时地从记忆里跳出来，甚至莫名地想念。

我离开故乡已有多年，从距离上讲算是阔别，但每年都要回去两次，到家已是夏末或者腊月底。此时故乡并没有什么应季水果，但城里卖的水果倒是五花八门，既好看又个儿大。外地的水果自有它的优点，但味道比不上自家的。外地水果的保鲜措施做得好，本地水果通常都收尽吃完了，外地水果还能买着。

我在外地时，闲暇之余常常会一个人坐着，不着边际地回忆家乡的特产，有时候会十分怀念故乡的樱桃。

故乡的樱桃有两个品种：一种是我们本地种的，个儿大，而且好吃；另一种是山上野生的，个儿小、核大。后来听说这种野生樱桃是外地品种，城里偶尔会卖，但是味道一定比不上本地樱桃。

老家房子前有四棵树：两棵李树，两棵樱桃树。我出生的时候它们就在那儿了。再往前是一片园子，园子里种满了樱桃树。房子后面的半山腰下，种的还是

樱桃树。

听奶奶说,这些树都是我父亲那辈人种的,园子里的那棵树已经有三十多年了。当年邻居家摘樱桃时掰断了一根枝丫,姑爹捡了过来,奶奶便把它随意栽在埂子边上,没想到竟然活了。

我们村里的几十户人家,几乎每家都种有两三棵樱桃树,即便以前没有,也会从别处要来几根小苗栽在房前院后。过不了几年,樱桃树就结果了。

房子前的樱桃树,树枝都快伸到屋檐下了。小的时候,我们经常爬上去玩。在一根横着的结实的树枝上面系两个结,然后把绳子放下来,几个人轮流着荡秋千,树上的枯叶被我们摇得遍地都是。但樱桃开花和结果的时候,大人们就不准我们荡秋千了,不然果子就摇孬了,熟不了。

樱桃树最怕暴雨,要是结果的时候接连下几天暴雨,那这年的收成一定会很差。

大雨来临,未来得及长大的果子,都带着淡绿色的遗憾落下,身不由己,踉踉跄跄,由大自然之手把它们粉碎，直到被完全消融。生命是多么脆弱呵！

这些樱桃树，最小的年纪跟我差不多大，比较久的已经有三四十年了。从青年走到了垂暮之年，树干开始长虫，逐渐枯萎，尤其埂子边上的那棵树，树干坏了一半多，结的樱桃还没有一棵小树多。

奶奶跟我说，在老樱桃树的根下栽一棵新树苗，等新树苗活了就把老树砍掉吧。

时光向前疾驶，不会停下来等待任何人事物。一转眼，樱桃树和栽树的人都从青年走向了老年，一不留意就陷入了生命的漩涡。无论是人还是植物，都始终摆脱不了渐老的命运。

每年冬天，我们都要种树。一来是一些老树逐渐枯萎；二来是人们逐渐搬离农村，土地荒芜，不如在原来种庄稼的地方种些树。

种树是比较讲究的，但好在樱桃树容易活，冬天的时候栽种存活率比较高。找树苗要去两个地方：一是树根下发出来的新苗，直接挖走栽于别处，特别容易存活；二是老树干上发出来的新苗，用刀或者锄头斜着

取下来,树苗上带有马蹄状的皮,特别容易发根。取好树苗,便去园里、后山,甚至是更远的庄稼地上栽种。栽树是项体力活儿,我和几个弟弟轮换着歇气,才慢慢栽好。第二年时候,便能知道哪些栽活了。

满山坡的樱桃花开得热闹,白得刺眼。一两个月后,数不清的红得出水的樱桃将阳光、雨露、清风都酿成了甜蜜,自豪地压弯了所有枝头。通常是樱桃还没熟透的时候,我们就开始爬上树吃樱桃了,摘几颗吃下去,牙都要酸掉了。

樱桃熟了的季节,是村里最热闹的时候。逢上赶集,村里人都会挑着樱桃去卖。熟透了的樱桃是不能过夜的,过夜了就不好吃了,这不比外地的品种,放上几天还能卖。

天刚亮的时候,很多人就起床了,拿着竹篮子、钩子去摘樱桃,小孩子们往兜里揣上几个袋子,爬到树上去,摘满大半袋,再传给树下的大人,倒进篮子里,直到一家人摘满所有篮子。最后樱桃上面会铺上一层樱桃叶,这样的话能一直保鲜到下午。

树枝最末梢处的樱桃是红得最透、味道最甜的。这个时候的鸟儿们也特别的勤劳欢快，树梢上的樱桃都被它们啄去了一半，有的只剩下了核。樱桃树的叶子要等两三个月才能落尽。

我们一家人常常坐在门口的树下，夏天的黄昏静静地化入了夜，温暖的空气里充满了各种花香。奶奶坐在窗口前给我们讲着故事，她的呼吸是多么的平稳，她的故事是多么的吸引人，她的声音是多么的温柔慈爱。婶娘和母亲从房内端出一盆煮好的毛豆和玉米，我们一边吃着，一边听故事，直到星星都睡去。

总有一个地方
让你会会不忘

诗意水井

在城里,我很少有机会看见满天繁星,所以甚是好奇没有星星的童年是怎样的无趣。城市里的孩子也自然无法领会我们在繁星满天的夜空下追逐梦想的快乐。

北方的春天,要比南方来得晚一些。故乡的桃花

早就谢了,而北方的桃花正开得旺。

故乡没有海,但幸好有河、有井,不至于萎靡失落。

我并不知道故乡的水井存在了多久,反正从我记事以来就记得它就一直在那里。不管是春夏秋冬,水井里的水都一直保持着大小均匀的流量,丝丝缕缕,温婉动人。

水井的前面,是一条完全裸露在外的水沟,毫无遮掩的水沟里流淌着没有一丝污染的山泉,水面上偶尔漂些落叶和杂草,水里偶尔游着一些虫子,但是水依然格外清澈透明。水沟两边四季不枯的沙树和其他草木倒映在水中,和静处沟底的碎石组成了一幅漂亮的水墨画。

每天一早,村里的男人、女人,包括老人、孩子,都挑着桶、背着壶、提着瓶子、拿着水瓢,来取水了。挑扁担的人,伸开双臂,拽住桶系,摇晃慢走;背壶的人,佝偻着背,缓缓行走;提瓶子的人,身子往一边倾倒,疾步小跑。

众人来到水井旁,放下担子,弯下腰,把水桶扣进水中,往下一压,呼啦两下,水桶里的水就有七七八八了,再用水瓢舀上两瓢,两只桶就满了,然后往桶里放上两片沙叶。一切妥当,伸伸腰,拿起扁担,勾上桶系,熟练地放在一边肩膀上,毫不费力地迈开稳健的步子往回走,满桶的水难免经不起颠簸,总会溢出来,幸好水桶里放了沙叶,溢出的水会少一些。

扁担在肩上来回起伏,一路洒落,路上留下一条湿漉漉的水印。到家以后,把水倒在缸里,女人们舀在锅里,热来洗脸,顺便烫一烫猪食,男人挑着桶继续挑水,直到把家里的水缸挑满。

至于背壶的人,就得等上一会儿。他们背篓里面的水壶和瓶子大多是平日里攒的,如打酒的塑料壶、饮料瓶子、装菜油的瓶子等。有的瓶口太小,只得一个个地把盖拧开,拿着水瓢从水井里舀水再装满瓶子,或者直接拿着瓶子往水井里斜放,用力按下去,咕噜咕噜就装满了。瓶口套上几层塑料袋,盖上盖子,再按大小次序放入背篓,背着走了。

总有一个地方，
让你念念不忘

提瓶子的人就更方便了，两只手一手提一个，灌满水就往回小跑，总是能超过他们前面的人。

挑桶的人一般都是成年男子，因为他们掌握扁担挑水的秘诀。别看挑水很简单，没有几年的锻炼，要想完完整整地将水挑回家，是不可能的。

背壶的人一般都是些年迈的老人和十二三岁的孩子。这些老人有的无妻无儿，有的儿女不在身边，想要吃水就得靠自己。所以常常在挑水的路上，看见他们佝偻着腰，拄着拐棍，缓缓地行走，走不了多远就得停在路边专门放背篓的石坎上面歇一歇。即使走得很慢，水壶和瓶子的盖拧得再紧，水还是会经不住颠簸，顺着他们的背流淌下来。到家时，整个后背也都湿透了。

提瓶子的人大多都是十岁左右的孩子，身体还承受不起太多重量，母亲就给他们准备两个五斤容量的打酒瓶子。

水泥打造的水缸，基本上一户有一口，需要四五大桶水才能装满。

刚能挑水桶的孩子们，拿副扁担，将水桶挑在肩上，走在路上时忍受不住扁担和肩膀的厮磨，两边肩膀来回换，有时肩膀疼得厉害，只好弯着头，把扁担放在颈后，让两边的肩膀都分担一些重量，两手拉着桶链，像只缩头行走的鸭子。

这种挑担方式溢出来的水肯定很多，他们宁愿多跑一趟，也不愿把两只桶的水都装满，这无疑成了路人的笑话。不过有些大人们看着孩子心疼，也会帮忙把水挑回去。时间长了，孩子们的肩膀也结实了起来，等他们再挑水的时候，也不会有人笑了，临上学总会把家里的水缸挑满。

早饭过后，大人们纷纷扛着锄头下地了，女儿们则在家洗衣做饭，那刚刚消停不久的水井马上又要活泛起来。村里的姑娘们背着一背篓脏衣服、床单、被罩，甚至抹布、锅碗瓢盆，拿着大盆和洗衣粉就来了。

水井的前面有一块石板，洗衣的姑娘把盆放在石板上，从水沟里舀水进去，"噗噜噗噜"地把衣服放进去泡着，在里面洒一些洗衣粉。等衣服洗好以后，一

一摊开,晾在沟边的树枝上、石头上,晒一个中午的时间,下午再收回去。

盛夏的时候,水井前的水沟就成了男孩子们的去处,三五个小伙伴约好一起将水沟堵起来洗澡。至于平日,就牵着牛在水井上面的山坡上吃草。回家的时候,总会拉着牛到水井前面的沟里喝水。有时不用人拉着,牛也会自己跑下来喝水。

水井里的水是人吃的,沟里的水是牛喝的。牛很少向水井里伸头,除非是男孩子故意牵牛喝水井里的水。

牛在水沟里饮水时,男孩子们也会两手合住,从水井里盛水喝,或者直接把头伸进去,喝上满满一大口,那叫一个甘甜凉爽。

十多年后,村里的路也通了,好几家人在路边新建了平房,为了方便,便从水井开始顺着水沟埋了一根水管,延伸到各家门前,这样便缩短了挑水路程。

本来,水管是一直埋到村子里面的,但是村子比水井高,水上不去,就只能到村对面去取。别的村子没水吃的时候，也会推着斗车、挑着担、背着壶，来马路边取水。水管里的水一年四季都是流淌着的，别人来接水的时候，我们也乐意让人家接。

村子山头那边住着两个孤寡老人，身材矮小瘦弱，无妻无后。每天他们都会背着很多瓶子来取水。我曾去过其中一个老人家，家里除了电视以外，便没有什么值钱的东西了。

一天，老人来背水，我正好在接水。只见他放下背篓，挨个儿取出各种各样的塑料瓶来，瓶身不高，需要捧着才能接水。我看他的动作有些笨拙，便说我来吧，就跑过去帮他。他的手很粗糙，手掌上布满了皱纹，手指粗壮，指甲黑黑的。

即使我弯下身去，他也没有我高，蓬头垢面，胡子也没刮。天气还算暖和，他却穿了很多件衣服。特别是那些瓶子，瓶身上面的油状物和灰尘已经粘在了一起，见此状，我便把瓶子涮干净再接水。每个瓶子都装满水后，我替他把瓶子装进背篓里，正想说帮他背回去，他就一个劲儿地感谢我。还没等我听清楚他

说的话,他就背着水走了。远望着他深深地佝偻着腰吃力爬坡的情景,我心里不禁一颤。

车尔尼雪夫曾说:"水,由于它的灿烂透明,它的淡青色的光辉而令人迷恋,水把周围的一切如画地反映出来,把这一切委曲地摇曳着,我们看到的水是第一流的写生家。"

早年离开故乡的人,大部分对故乡的模样是矛盾的:记忆的探头能蔓延到故乡的每块土地、每堵石坎、每口水井、每条河流,仿佛记忆中的故乡就该是这个样子,但当你真正地回到阔别多年的故乡时,又会把眼前看到的景象和之前早就惦念的景象对比,然后尴尬地问自己:这难道就是我的故乡?

灶火文化

十年前,外乡人到我们乡镇做客时,总觉得我们烧火做饭特别简便。家家户户基本都有灶火。

灶火是用砖块和石头靠着一面墙砌起大致结构,黄土混水泥,把边角缝隙的地方补上,前面空一个小门,架一根钢筋,四周留出透气的小洞。看上去甚是简单，但其实特别好用。

平日里在灶上架一口大铁锅，生火添柴，烧水做饭、给牲口煮食，是相当方便的。要是逢年过节，或者遇上红白事，开席设宴，炒菜做饭，电磁炉和天然气就远远比不上灶火了。虽然现在在村里还能看见灶火，但基本是家里临时搭建的。

大灶烧柴，小灶烧煤。生火添柴，也要讲究一点技术。有的人花半天的时间，火还没有生起来，倒是脸被熏得通红，眼睛被烟熏出眼泪；有的人不到几分钟，就能把柴火烧得特别旺。

灶火的功用不小，但也有它的不足之处：一来夏天要上山砍柴，觉得麻烦；二来会把家里熏得到处是烟，甚至熏黑了墙。

对于灶火，我总有种特殊的感情。这感情的源头，与爷爷有关。

在我的印象中，爷爷每住一个地方，都会搭一台灶火。家里需要用灶的时候，都是爷爷一人负责。奶奶说："以前咱家过年磨豆腐的时候，蒸黄粑的时候，我

一个人负责磨和做,你爷爷负责火候,他火候掌握得特别好。"

磨豆腐和做黄粑是我们故乡过年的习俗。进入腊月之后,整个村庄会比平常要热闹一些,很多人家纷纷开始杀猪、做甜酒、做黄粑、磨豆腐等,已经形成了一种习惯。

老家做的豆腐是酸汤豆腐,顾名思义就是在涨豆腐的时候往里面点一些酸汤。磨豆腐、磨豆浆需要用石磨,涨豆腐需要一台大灶。

当时,村里只有两三户有石磨,奶奶家就有一台。爷爷做得最好,一是奶奶做了很多年,已经非常熟悉整个过程,二是爷爷掌控火候鲜有人及。所以,很多从村里走出去的村民,每年腊月回去还是会买爷爷磨的豆腐。

推磨比较讲究用力,考验耐心。小时候我们跟着大人们推磨,其实就是瞎玩儿,即便如此,也坚持不了多久就放弃了。

豆浆都磨出来以后,全部倒在锅里,这时候就得开始生火。夏天的时候，我们会上山砍柴，把木材背到家里存好，秋天收玉米时留下的玉米芯也能用来生火。

从小灶里夹两块烧红的煤炭，往架好的玉米芯上一放，基本上就能生起火来。有时，爷爷会叫我们拿几个红薯和土豆放进灶里烤，要不了多久，就能扒出来剥皮吃了，味道相当特别。

熬豆浆的过程中，爷爷会在灶火的旁边放一把火钳和一盆水，然后一边加柴火，一边从灶火里夹出一些烧红的木炭，往水盆里一放，发出吱吱的声音，白烟向上直窜，等到木炭变黑，就可以夹出来了，然后再存在一个口袋里。若家里炉子里的火熄灭时，抓一把木炭放进去，很快就着。

除了磨豆腐，爷爷家的黄粑也是自己做的。蒸黄粑要熬夜守着，我们和爷爷常常轮换着看火，但常常都是我们熬不住了，爷爷叫我们去睡，他一个人守到天亮。

爷爷当了一辈子农民，把一辈子都奉献给这片土

地，所以他非常希望他的子孙能够有人带着整个家族跳出这片土地，在城里都过上好日子。

爷爷走了之后，灶火就很少用了，奶奶也很少磨豆腐了。以前，她常倔强地说，年轻的时候，我和你爷爷没什么情感。可是，她自己都没有发觉，尤其是当她一个人独居的时候，又常常跟我们念叨："以前我们常常吵架，我总是嫌他很烦，但是现在我连个一起吵架的人都没有了。"

长大以后，我对灶火的印象越来越特别。很多时候就是这样，觉得经常看见的物件没什么特别的，漂泊多年以后再想起，便觉得亲切起来。而这种感觉也有层次之分，亲自去看一看与远在他乡凭记忆想象是大不相同的。

我们越长大越明白，所谓的睹物思人，其实就是当我们莫名地想念一件具体的物件时，我们真正怀念的不是这些物件本身，而是关于物件的人和故事。

总有一个地方

让你念念不忘

怀念爷爷

黑色棺木

算起来,爷爷走了有三年多了,这两年多的时间恍如隔世,我也渐渐地接受了一个人从生到死其实不过是人生必经的过程。可是我时常从睡梦中惊醒,心里依然还能感受到爷爷的存在,那种感觉就像是我正准备从家里起身坐车走时,他会拄着拐杖一踮一踮地站在叔叔家的楼上目送我的身影从村口消失。

离开故乡前一周,奶奶催促我提前把行李收拾好。那年爷爷的身体一直不好,一直很瘦弱。奶奶估计是察觉到什么,便对我说:"应儿,先给我们拍张照片吧,你这一走就是半年,如果想我们了,你就可以从手机上面看看。"

她翻出爷爷以前过大寿时大伯帮他买的黑色印花衬衣和一件白色的长袖T恤。我把爷爷从床上扶起来,帮他穿上,然后搬一张长凳摆在叔叔家的楼下。爷爷把两个袖口卷起来,白色袖口套在外面,神态坦然但看起来有些虚弱。

一张照片的背景是一些砌得歪歪扭扭的砖块,砖块后面冒出几棵枯黄的玉米花。另一张的背景是在叔叔家楼上蓝色的大门前,奶奶穿着一件短袖,坐在长凳上,微微一笑,看起来微胖。

照好以后,我拿到城里洗了出来,买了两个相框,挂在爷爷奶奶的床头。那是爷爷七十岁以后唯一

的一张照片,遗憾的是,爷爷奶奶一辈子从没有拍过合照。

坐车那天,我从家里出发,躺在床上的爷爷在奶奶的搀扶下,依旧从叔叔家的楼上目送我的身影消失在村口。

两个月后,我突然接到家里的电话。婶娘说,爷爷走了,今天刚抬上山,奶奶不准我们告诉你,害怕影响你……

我终究还是没能在葬礼上目送爷爷最后一程……

和土结缘

我们家有一个习惯，就是每年冬天的时候都会在院子里或后山上种些果树，尤其是樱桃树。

老家门前的院子里种有十几棵樱桃树，岁数比我们还大，也常常种一些菜苗、蒜苗，偶尔种些玉米。

奶奶曾跟我们讲过，土坎边的那棵树有四五十年了，那是姑父从余家砍下来的樱桃枝上捡过来的，就随便栽在土坎边，没想到竟然活了；中间的那颗梨树本来活得好好的，被爷爷移到后山去后死了；左边的桃树，爷爷嫌它挡了庄稼的阳光，便砍掉了。

我和几个弟弟们从小到大就喜欢种树，在获得奶奶的允许并问好适合种树的时间后，就扛着锄头拿着镰刀在后山和几个叔伯家的院子里种上些果树苗。每年都种，却似乎怎么都种不满。

有时我们发现种的树不见了，便跑去问奶奶。奶奶说，爷爷去种地的时候，发现有的樱桃树长高了，怕它们挡了玉米秧的光，就把它们移到土埂边上了，但

有的没活,就只能拔掉了。

爷爷一辈子都在和土地打交道。自从几个叔伯携全家搬进城里后,老家就剩爷爷和奶奶了,于是他们搬进了之前我们住的平房里。

平房两边是空地,前面是院子,后面是大山。平房的左边是以前烤烟留下的土房,很多年不用了,后来下了几次大雨把墙给冲垮了。爷爷想收拾一下,准备在里面搭一个棚子,养几只鸡来下蛋,可是搭棚子的时候墙垮了,倒下来的泥块埋住了爷爷的全身,奶奶吓坏了,堂弟赶紧跑过去把爷爷救出来。还好爷爷身上有木板挡着,并无大碍。

后来,爷爷说想用平房塌下来的泥块整成平地种点菜,奶奶不准。

"前后院那么多的空地,够种白菜的了,你干吗非要倒腾这点地?"

"前后院太远,再说弄好了也能多种点白菜吃。这几棵李树都快要死了,就是因为养分不好,水分太干。"

奶奶知道拗不过爷爷。于是,爷爷带着我们扛着锄头开始了,不到几天时间,一块新的土地就辟出来了。

总有一个地方，
让你念念不忘

寄托

我们栽种的樱桃树一年比一年多，一年比一年高，而种樱桃的人却再也没有回家品尝这樱桃的滋味。

樱桃熟了，平房前面樱桃树的枝丫已经伸进了屋檐下，个儿高的人张嘴就能吃到樱桃。

这个季节，我们喜欢比谁能爬得最高、摘的樱桃最大最红。爷爷在树下拄着拐杖嘱咐我们一定要小心。几个同伴在树上来回爬，摇落了一地熟透了的和坏掉了的果实，坑洼灰白的水泥地上缀着密密麻麻的红的、黄的、绿的樱桃，还有一些我们吐的樱桃核，像是一幅灰暗的油画点满了五颜六色的油彩。

爷爷佝偻着身子，拿着盆，一颗一颗地捡起地上还能吃的樱桃，有的直接放嘴里，有的揣在兜里，有的装在盆里。我们从树上跳下来，他从兜里掏出一把红樱桃给我们吃。

再后来，我高中毕业，考上了大学。拿到录取通知书以后，爷爷问我考到了哪里，我说天津。

"天津在哪个地方?"

"北京的旁边。"

"哦哟,在北京的旁边,那是一个好地方。"

然后又语重心长地告诉我:"应儿,你爸他们不成器,这个家所有的希望都寄托在你身上了,你要好好读书。"

总有一个地方，
让你念念不忘

目送

我闭上眼睛，梦见了故乡。

仿佛时光在倒流。

路边的青草垂着露水吻着脚踝，我走在七曲八折的羊肠小道上，朝着爷爷大手所指的那块向阳坡地走去。

多少次走过这段熟悉的山路，不记得了；多少次以不同年龄相互叠印的目光凝望，也不记得了。小时候，爷爷带我来这里，双手沾着泥土，给我上第一堂庄稼课，爷爷的眼神里噙着希望，盼着孙子能走出村庄，跳出农门，学成之后，荣归而来。

随着年龄的增长，爷爷的模样在我们的记忆中一点一点地被时光吞噬掉了。即便是数次从睡梦中惊醒，也难以完整地忆起梦中的故事。

人世间最大的痛苦莫过于：当你能在心里最真切地感受到一个人存在的时候，任你如何努力去想，也不能完整地想起有关他的所有往事。我也只能在记忆的流光里，目送着爷爷拄着拐杖一踮一踮地走向生命的尽头。

总有一个地方，
让你念念不忘

爷爷走了

爷爷过世的那几天，我一直在天津，那几天我总觉得心里闷得慌。后来奶奶说，这是感应。

爷爷的坟，位于距离老家很远的一座山上，是爷爷能够看见后代们居所的地方。爷爷去世的前一周，一粒米都没进，一直坚持着，弟弟赶回去了，却没有见到我。

后来我责怪他们，为何不让我回去。奶奶说，是她不准他们讲的，我从外地赶回来再赶回去，怕影响到我。

据说，爷爷合眼的那一刻，神色平静却又张大了嘴，似乎想要说什么，但是他极度虚弱的身体没能给他说话的机会。

爷爷，我想，您肯定是有什么话是要交代的。

首先是奶奶，您一定会对她说："祖贤，这几十年苦了你了，跟着我没有什么好日子过，拖着我的病二十多年，这下我先去了，你会轻松很多。"

其次是您的六个儿女,"你们几个弟兄姊妹之间不要吵架,现在没有哪家的家庭是完整的,你们一定要好好带几个娃儿。"

最后是您的孙子们,"应儿,涛儿,不要走歪路,赶紧成家……"

爷爷一定还有很多话要说。爷爷,您不说,我们也都知道,你的灵魂,长存地下吧。

爷爷生前总是和奶奶吵架,但是他走了之后,奶奶异常孤独。她总是对我说:"应儿啊,以前我常和你爷爷吵架,嫌弃他不爱干净,现在我想找个说话的人都没有。"

爷爷的眼睛永远不会睁开了,他去世的时候体重只有七十多斤,弟弟一把把他从床上抱起来,放进了棺材。

爷爷生前总是爱笑,很喜欢吃瓜果饼干,很小家子气。十多年以前,爷爷一直都有一个习惯,奶奶去赶场的时候,但凡买回点什么东西,爷爷都要记账,每一分钱他都计算得很清楚,为此奶奶常数落他。

总有一个地方，
让你念念不忘

奶奶和爷爷的婚姻，包办大于感情，可是奶奶从来没有想过背叛。步入老年，他们之间的感情早就超越了爱情。等到一个人先走，更是感觉原来彼此之间早已相互依赖，那个常常不待见的另一半早就融在自己的内心深处。

爷爷种了一辈子地，是个地道的农民，他的背影常常起伏于田地、山林。我也常常以此自诩，我是农民的后代。

我依旧记得我见爷爷的最后一面：他穿着一件黑色衬衣，里面套着白色长袖，卷了两层袖口，坐在叔叔家楼下的一张梅红漆长凳边，背后是由一些破砖头砌起来的墙，砖后面还有几棵未割的枯黄的玉米秆，枯瘦的手自然地搭在腿上，一只眼睛已经坏了，脸上没有微笑。

总有一个地方 让你念念不忘

奶奶的爱

好强

奶奶常常是一身素装,积满尘土,却有着超乎常人的好强;一脸朴实,却有着冷静沉稳的智慧;略显肥胖的身体,即便越来越差,却一如往常心灵手巧。

在我们的记忆里,奶奶是个特别好强的女人。插秧、挑粪、收割、搬运、磨豆腐、做黄粑、磨玉米，从来都赶在最前头。一个女人撑起了八口之家，即使别人看不起爷爷，奶奶也照样按部就班地操持着整个家，一如既往地扮演着各个角色，把六个孩子拉扯大。

七十四年了，奶奶越来越唠叨，白发越来越多，行动越来越慢，每走一步，都需要很吃力地挪动小腿，扶着支撑物缓慢行走。就这样几十年如一日地摸爬滚打，一路抵挡雨雪风霜。

奶奶扛起苞谷高粱的硬秆，担起整个家庭的开销；扛起爷爷二十多年的病痛，为六个儿女建起了六间砖瓦房；为子孙们扛着乡下的几亩田地，为刘氏家族扛起袅袅烟火……

总有一个地方，
让你念念不忘

缄默

孩童时代，我听奶奶对爷爷的埋怨简直听得不厌其烦。

奶奶说，爷爷年轻的时候，经常去开会，一去就是一两个月，把六个孩子丢给她照看。那时我不懂，以为奶奶说谎。后来长大了，我才明白，原来奶奶说的一点也不假，因为在爷爷的世界里，事业高于一切，而奶奶跟大多数女人一样，把家庭看得比一切都重要。

奶奶虽是女人，却胜过许多自以为是的男人，她不仅把六个孩子含辛茹苦拉扯大，还坚持让每个孩子都享受到同等教育的机会。在那个贫困年代里，能让六个孩子吃得饱、穿得暖、上得起学，是一件特别值得赞颂的事。

她不像同时代的女性一样，被重男轻女的思想摆弄着，不管是生活方面还是教育方便，都让儿女们享受同等的权利。他们调皮地偷走了她的年华，换来的是细密的皱纹和渐多的白发。

如今她依旧是默默无闻,背影消失在田地里、山坡上、草木间。

 总有一个地方，
让你念念不忘

幸福

奶奶虽然从未踏入过学校、碰过书本，识的字也不多，但她的人生字典里却藏有许多简单而深刻的人生哲理。

奶奶说，以前她对幸福的要求很简单，只要儿女们赚到钱，孙子们考上大学、找到好工作，就是幸福，老年以后，就改变了这种想法，只要儿孙家庭和睦、身体健康，就足够了。

大抵每个到了奶奶这个年龄的人，都会有相同的祈愿吧！

我们都是在奶奶的粗布衣裳的背上长大的。虽然她对我们的爱是隔代的爱，可是并不会有所缩减，更不会因人而异，她依旧用她的方式平等地、最大限度地爱着我们、教育着我们。我们时常被奶奶的唠叨和教诲包围着，也是一种幸福的感觉。

味道

父亲说过:"我妈做的苞谷饭比馆子里的都好吃。"

叔叔说过:"我妈炒的菜总有一种特别的家的味道。"

哪个叔叔出差回来,婶儿懒得做饭或没做好饭时,就会跑去奶奶那里。坛子肉、豆腐、黄粑、甜酒,这些儿孙们爱吃的食物,奶奶家每年都会做,常年都备着。

几位婶儿刚嫁进刘家的时候,不会做黄粑、苞谷饭、甜酒,叔叔们都会说,悄悄去看妈是怎么做的跟妈学。

于是,婶儿们不会做苞谷饭的会做了,不会做黄粑的会做了,不会做甜酒的也会做了,而且味道和奶奶做的越来越接近。

我小的时候,奶奶和爷爷都会养一头过年猪,白白胖胖的,三四百斤,留着春节时杀。杀猪后,这家分五斤,那家分六斤,剩下一部分切成大肉块装入坛子里,腌制好做成腊肉,吃的时候,或蒸或炒,放点配菜,香喷喷的。

总有一个地方，
让你念念不忘

大爱

不得不承认奶奶已老，她的动作已然迟钝。但是，她的身上有种大爱，一直影响着子孙们。

小时候，我不太懂为什么奶奶要把路上行乞的人叫进家里，给他们端上可口的饭菜，还送他们衣服；不太懂为什么家里养的马、猪、猫、狗病了时，奶奶会想尽各种办法喂药喂饭，怕它们冻着奶奶会把它们的窝铺得舒舒服服的，怕窝太脏会频繁打扫干净，那不过是些家畜而已；不太懂为什么总是见她在天气干旱的时候默祷老天爷下雨，下雪的时候起得大早在路上撒灰撒盐；不太懂为什么她总是帮邻居们、村民们免费按摩……

甚至，儿孙们买来的衣服，她一直舍不得穿，一直保存着，只用几身旧衣服来回换洗。她说："等哪天有时间了，我收拾出一些来，有家人看着可怜得很。"

原来如此。

奶奶是山，她站成了一种尊严，让山花灿烂、山风拂面，让每一个角落都渗透阳光的语言；奶奶是水，她流成了一种温暖，让小船远航、鱼儿欢畅，让每一股细流都汇成博爱的海洋。

奶奶的身上，更多的是山的性格、水的柔情。

人都说，父爱如山，母爱似水。母爱是体贴的、柔情似水的，但奶奶这种隔代的爱，更像是一种陈酒，时间越长，味道越醇。然而酒多必醉，爱得太浓，难免溺爱、纵容。

在奶奶的爱里，有时温柔的背后会掺杂着几许严厉，严肃的同时又饱含深厚的疼爱。奶奶的臂弯永远是子孙们停泊栖息的港湾，可以扬帆停靠的彼岸。

她用她的方式，帮儿孙们走上了一条风雨无阻的人生之路；她用涵养了一生一世的水汇成了一条不老的河，造就了我们生命中美丽的情感源泉。她依旧用她那像山一样的脊背，在我们的灵魂深处为家族的兴旺撑起一片绿荫。

总有一个地方,
让你念念不忘

婚姻

  我不知道爷爷奶奶之前是否有爱情,是否懂得爱情。也许在婚姻的开始,他们之间也没有什么感情,可是在时间的磨炼下,在相互依赖与信任里,他们的关系早就磨合了,他们之间的感情早就超越了男女之间的爱情。

  爷爷和奶奶从相识、相知到相爱、相守,一共花了五十多年的时间。自从爷爷的脚在二十几年前残疾以后,奶奶便无微不至地照顾了二十几年。

  他们之间有过争吵,也有过拳脚相加。爷爷的脾气更暴躁些,典型的大男子主义。有一次,爷爷无故埋怨奶奶做的东西不好吃,把碗狠狠地摔在地上,两人吵了起来,奶奶气得离家出走,爷爷就拄着拐杖满世界地疯找。

  虽然他们总爱拌嘴、吵架,但我知道奶奶是嘴硬心软。这么多年,奶奶一直包容着爷爷,她早就把这种包容、照顾和关怀演绎成了他们的爱。到现在我才明白,有些话虽不在嘴边挂,却不减心中情。

作家之路

可能,世间很多行业,尤其是写作这行,能让同行由衷佩服对方的方法就是:两个人做同一件事情,一个人做得比另一个人更为出色。比如,一个作家在品读另一个作家的书时,同样的题材,却发现别人比自己写得精彩。

后记

我很想追随如鲁迅、冰心、老舍等前辈，像他们一样勇敢地拿起笔，为人民、为民族的解放、为国家的独立、为社会的进步而写作；我也想用笔写下关心送给普通的人民大众，写下颂扬送给那些为社会进步做出伟大贡献的人们。我想让我的作品紧贴着时代，紧贴着人民。哪儿有阳光，我就提着笔上哪儿去。

我感到寂寞、苦闷，我要倾诉、呐喊，没有别的办法，我拿起了笔，借此出入形上与形下之间，抒写我对自然和爱的追求，延续那些我对人性未知的兴趣。

我不想像有些人那样，为了出众、出名而描花绣朵。如果只是为了出名，文章不写也罢！创作肯定是要下功夫的，而不是过分拘泥于个别字眼，追求完美的个人艺术。我们不能为了艺术而艺术，不是的，在我看来，写作需要一份平和、一份淡雅和一种自信，更是一种尊重。我把身边值得分享的事真实地呈现给读者，并不是欲盖弥彰，一味弘扬正能量，也不是消极避世，煽动人们宣传假、错、虚的消息。因为那儿不仅存在知音，更重要的是真真切切地存在着人性和光明。

所以，为美好的事情消耗自己的感情，是一种美妙的消耗，它的光辉来源于自我不断地燃烧和奉献。

有的人，在别的行业摸爬滚打了很多年，突然转向文学创作，用写作的方式把故事记录下来；有的人，似乎就是为了文学而生，不仅仅是为了个人爱好，能成名固然是好事，不能成名倒也不是什么坏事。

并非学哲学、搞哲学、讲哲学的人，都是哲人，同样，并非写诗的人都是诗人、做学问的都是学人。无论是从事艺术的、搞哲学的、写诗的、做学问的，要想成为相关领域的大家，都得有一个不断怀疑自己和相信自己的过程，对于自己的作品也会有一个不断肯定、否定、再

后记

肯定、再否定的循环过程。所以,不必孤芳自赏,自我陶醉,局限于那偏隘的小小世界里。我们会在以后的生活坎坷中逐渐形成自己的风格,而这些坎坷,一半是生活挖的坑,一半是自己棱角刺的洞。

与其放大灾难,莫如欣赏孤独。哀叹"大智不群",何如"大智若愚"。悲愤"大善无帮",毋宁"上善若水"。其实,无论是写文章还是做人,都不能少了这样的态度。

真正意义上的作家,他们的责任不只在于打开局面、指示光明,而是要创造光明与美丽,这是创作的无上源泉。倘若人的灵魂只是拘泥于个体的偏隘之中,便只能陶醉于自我的小小成就,但我们的眼光不可能只局限于此,我们要无所畏惧地向前走去。文学不是一支燃烧的蜡烛,当它的燃料耗完就消失了,而是一支由一个时代的人暂时拿着的阳光棒,每个时代的人一定要把它燃得光明灿烂,然后再交给下一代的人。

要想写一篇好文章，并非易事。大胆地假设，小心地论证，一来要搜寻各种资料，敢于挑战权威，形成自己的风格，二来要实事求是，心无杂念。

写文章不能骗自己，更不能骗读者。

写书和出书一定要有用，往小了说是对自己和读者有用，往大了说是对国家和社会有用。一切纯粹为了名利而提笔的作品都不配称作文学。对文学的尊敬，必须做到自己花心思去写原创，写作的态度必须是诚实可靠的，不矫揉不造作，否则这个作品就失去了它的价值。

缺乏实证意识和一双发现美的眼睛，写出来的文章大多是泡沫，这往往是因为我们的眼界太小，而且还把自身理解的范围当成是世界的范围。不少以"作家"自居的人，喜欢在一个狭小的空间里闭门造车，如果少了田野考察、亲身实践的苦行精神，写出来的文章必定难成经

后记

典。上帝给了文人一双看待世人世事的眼睛,但是文人大都略显羸弱,多为伤时叹世之态。

有人说,喜欢文字的人都与寂寞有染,走过繁华,驻足人生的某一处驿站,蓦然回首,那每一丝寂寞又何尝不是烟花尽舞、酒绿灯红后的思索?一念花开,一念花落,这山高水长的人世,终究还是要自己走下去。寂寞,不是不好。寂寞的人,常常是因为思想充盈。

每到一个陌生的地方,回首的时候,才发现,指尖的路标,一个个正在远离。那些走过的、正走的、未来的,就在心中清晰成路;那些得到的、失去的、希冀的,就在微笑中淡然成景。

有时候,寂寞是这样叫人心动,也只有此刻,世事才会如此波澜不惊。是的,正因为世界上有太多的浅喜深爱,我们才有了许多断肠的思恋和遗憾;正因为历史有太多的浓墨重彩,我们才彻悟了生命的真谛,学会了于一怀静谧中，对自己的灵魂进行更为深刻的解读与尊重。

一张纸，一支笔，足够了。当我发现我对生活的体验观察够深刻时，我就有非写一点文字不可的念头了。

我开始了文学之旅。孑然一身，不知道能否闯出一点名堂，没人能告诉我，但我已悄然出发。

刘应